AQUARIUS

AQUARIUS

AQUARIUS

AQUARIUS

每個人心中都有一座島嶼，

藉文字呼息而靜謐，

Island，我們心靈的岸。

Franz Kafka
給父親的一封信

法蘭茲・卡夫卡

Franz Kafka著 禤素萊譯

【導論】

我跟我的朋友都不是害蟲

◎耿一偉（台北藝術大學戲劇系兼任助理教授）

一九一九年，卡夫卡想與新戀情茱莉．沃里契克（Julie Wohryzek）結婚的事，受到他父親強烈的反對，讓卡夫卡感到憤憤不平，這就是《給父親的一封信》的起因。通常我們寫信，不論寫得再長，信的結尾總是攤牌的時刻。《給父親的一封信》也是一樣，卡夫卡在前面提了許多父子關係的陳年往事，但到了最後，還是點到整件事的關鍵，卡夫卡寫道：「但像我們現在這般情形，婚姻的大門對我是已經關上了，因為那恰恰是你的個人領域……只有你沒有覆蓋到或者你無法覆蓋的領域，才可能是我的生活。而根據與你高大身軀一致的想像，這樣的領域寥寥無幾，無法給我多大慰藉，婚姻尤其不在其中。」

父親巨大的身軀籠罩了卡夫卡的生命。巨大的身軀這個意象，是源自卡夫卡童年的經驗。當然，每個父親的身影都是巨大的，只是他們的父親同時也是慈愛的，但卡夫卡覺得他的父親不是。在信的一開始，卡夫卡第一次提到巨大父親的段落，是「那個巨人，我的父親，那終極權威，會幾乎不需要理由地在三更半夜把我拖出被窩並拎到屋外過道去，對他而言我什麼都不是。」

卡夫卡並不認同這樣充滿巨大身體力量的父親，為了對比自己與父親的不同，他在信的開頭提到：「把我們倆相比較：我，簡而言之，是一個帶有些許卡夫卡脈絡的洛威。」卡夫卡在這裡展示了對母系的認同，洛威是母親（本名 Julie Löwy）的姓氏。卡夫卡強調，母親這邊是「洛威式的鞭策，偷偷地、羞怯地……」，而父親這一方剛好相反，「你則是個真正的卡夫卡，強壯、健康、食欲旺盛、聲線宏亮、能言善道、自滿、對外界具優越感、有毅力、沉著、有識人之明、相當大方……」

除了母系這邊的洛威，我們不能不提另一個洛威，那是卡夫卡年輕時認識的猶太劇團演員洛威（Jizchak Löwy）。如果讀者有興趣，可以參考《卡夫卡日記》（商周，2022），您將會發現，從一九一一年十月五日到一九一二年二月二十五日，卡夫卡在這段期間的日記裡，寫下了大量他與洛威的密集互動。洛威是來自波蘭的猶太人，他所參與的猶太劇團當時於布拉格的薩伏咖啡廳（Café Savoy）巡演，卡夫卡在日記中詳細記錄他的觀戲經驗。後來不少學者都認為這個猶太劇團的演出，對正往文學之路邁進的卡夫卡在創作上，有著關鍵性的影響。比如，卡夫卡於一九一三年發表的小說《判決》，其結構與內容上就與當時猶太劇作家戈爾丁（Yakov Gordin）的另一部作品《神，人與魔鬼》（*Gott, Mensch, Teufel*）類似，卡夫卡於一九一一年十月二十六日的日記裡，提到他去聆聽洛威朗誦此作。

卡夫卡將洛威視為好友，他的纖細與敏感，讓卡夫卡覺得像是找到新的同盟，可以一同對抗父親。卡夫卡對父親的負面經驗，也來自父親對洛威的不友善。卡夫卡邀請洛威來家裡玩時，父親卻對客人指指點點，很不禮貌，讓卡夫卡相當生氣，他在日記提到此事時說：「……寫著寫著我簡直恨起父親來了。」卡夫卡的氣憤，不是沒有原因，因為他認同洛威，而父親對洛威的否定，讓他看清楚自己與父親的差異。卡夫卡寫這封長信的一九一九年，當時他已經三十六歲。可是八年前父親羞辱洛威一事，他依舊懷恨在心，在信中他就抱怨說：「像意第緒演員洛威如此天真無邪的人，也不得不為此受罪。在不了解他的情況下，你用我已忘記的可怕方式，把他比作害蟲。」這件事就發生在一九一一年十一月三十一日，卡夫卡在日記中記錄了他因父親說洛威壞話，而跟他頂嘴的事。

「害蟲」，卡夫卡用了 Ungeziefer 這個字，這個字也是小說《蛻變》提到那隻蟲時，所用的德文字。父親罵我最好的朋友是害蟲，那不就等

於間接說我也是一隻害蟲嗎？我想卡夫卡內心的潛台詞應該是如此。

這封信的另一個重要的隱藏訊息，是關於他最小的妹妹奧特拉（Ottla）。在卡夫卡的妹妹當中，就屬奧特拉跟他最親。

但是奧特拉與天主教徒約瑟夫．大衛（Joseph David）交往一事，跟父親起了激烈衝突（兩人最後於一九二〇年七月結婚）。卡夫卡在信中替奧特拉抱不平，因為奧特拉也是屬於母系這一邊，是他的盟友，卡夫卡在信中形容奧特拉：「她那方面是洛威式的反叛、敏感、正義感、不安。」

卡夫卡於一九一九年十一月十日至十一日或十三日間，寫下這封一百零三頁的手稿之後，他再打字成四十五頁的長信，並請他的母親轉交給父親。但是卡夫卡的母親並沒有依照兒子的想法，最後是將信退還給他。

雖然卡夫卡與茉莉的婚約於一九二〇年七月取消，但他隨即又談起了戀愛，這次是捷克記者米蓮娜（Milena Jesenská），卡夫卡寫了大量的情書給她。當然，這又是另一段故事了。

一個重視俗世金錢價值的父親，自然很難忍受自己的小孩以文學、哲學或藝術為人生志業。根據美籍猶太裔政治學者漢娜．鄂蘭的看法，班雅明與卡夫卡在面對原生家庭的糾結，有不少類似之處。她為《啟迪：本雅明文選》寫的導言提到：「這個時代的文學中充滿了這種父子衝突。如果佛洛伊德是生活在其他國家，使用其他語言，而不是在提供他病例的德國－猶太人社會環境進行研究，我們可能永遠不會聽說伊底帕斯情結。」

《給父親的一封信》不是文學作品，是學法律出身的卡夫卡對原生家

庭的控訴。如同卡夫卡在兩個洛威身上尋求支撐，或許那些自覺與卡夫卡有類似經歷的讀者，能在卡夫卡的信中找到認同，因為他說過：「只是為了那些絕望者，希望才被賜予我們。」

卡夫卡的父親，赫爾曼・卡夫卡（Hermann Kafka, 1852-1931）。

卡夫卡的父母，攝於一九一三年。

卡夫卡的母親，茱莉．卡夫卡（Julie Kafka, 1856-1934）。

卡夫卡與和他最親近的小妹奧特拉。

卡夫卡的三個妹妹，由左至右為二妹瓦莉（Valli）、大妹艾莉（Elli）、小妹奧特拉（Ottla）。

卡夫卡二十三歲，攝於一九〇六年。

卡夫卡四十歲，攝於一九二三年。

卡夫卡二十七歲，攝於一九一〇年。

卡夫卡五歲時的肖像。

上：青少年時期的卡夫卡，攝於一八九八年。
下：卡夫卡與菲利斯．鮑爾，兩人曾兩度訂婚，又解除婚約。

·目錄·

最親愛的父親，

最近你問過我，我為何聲稱對你感到恐懼。我太了解你了，一如往常，我沉默以對，部分原因恰恰是出自於對你的恐懼，部分原因也正是解說這恐懼會牽涉許多細微末節，根本難以讓我在談話中概括。而當我在此嘗試以書寫回答，它也將是殘缺不齊的，因為就算在文字裡，對你的恐懼及其後果阻擾著我，何況素材之繁多遠遠超出了我的記憶力與理解力。

對你來說，事物往往極其簡單，至少相對於我，以及沒有選擇地，相對於許多其他人而言。事情看來是這樣的：你一輩子辛勤工作，犧牲一切，全都為了兒女，尤其為了我，我因而得以過得「奢華」，享有完全的自由去學習自己想要學習的，無須為五斗米折腰，什麼也不必操心。你未曾期待兒女的感激，你明白「兒女的感激」是怎麼回事，但起碼兒女們該有些因應之道，以顯示一點同理心。反之，我卻老是躲著你，躲到我的房間、書本裡，躲到瘋瘋癲癲的朋友群以及浮誇的想法中。我從未對你敞開心胸聊天，在教堂不曾走近你，在弗朗茲溫泉[1]我也從不去探望你；此外我也不具備家庭觀念，對生意以及你的其他事務我毫不在乎，由你去肩負工廠重責並離棄了你。我支持奧特拉[2]自身的意願，而對你卻連一根手指頭都懶得動（連劇院門票都沒給你帶來過半張），為朋友我又願意赴湯蹈火。如果你總結對我的看法，結果即是，雖然你沒指責我徹頭徹尾地不合禮數或惡劣（例外的或許是我最近的結婚意向），但卻指我為人冷酷、陌生、忘恩負義。你如此這般指責我，彷彿這是我的錯，好像我就可以像扭轉方向盤那樣，把一切轉向，而你沒有丁點過錯，若有的

1 Franzensbad，位於捷克西部的一水療小鎮。

2 Ottla（1892-1943），卡夫卡最小的妹妹，也是卡夫卡最喜愛、親近的妹妹。

話，也只錯在你對我太好了。

你的這些慣性陳述我認為只有一點正確，即連我也相信，我們的疏離全然不是你的錯。但也全然不是我的錯。如果我能讓你承認這點，那麼或許——不是指一新生活的可能性，畢竟我倆都有點年紀，但至少會有種平靜，不是去終結，而是緩解你持續不斷的責難。

怪異的是，對於任何我想說的話，你算是有些概念的。例如你最近告訴我說：「我一直都很喜歡你，儘管我在表面上看來待你不如其他為人父者，但這也只因我無法像他人那樣偽裝自己而已。」總的來說，父親，我從來沒有懷疑過你對我的好意，但我認為這句話不正確。你不偽裝自己，的確如此，但想藉此斷言其他父親是在偽裝自己，你要麼就是不容討論地自以為是，要麼——在我看來確實是——在暗示，暗示我們之間出了點問題，而你有份引起，卻不具罪責。如果你真是這意思，那我們就想法一致。

我當然不是說，我之所以是這樣的我，乃因透過你的影響而成。這未免太誇張（而我竟也傾向於如此誇張）。即便我在成長過程中完全擺脫你的影響，我也不太可能成為一個合你心意的人。我當會是個軟弱、膽怯、猶豫不決、焦躁不安的人，既不是羅伯特·卡夫卡[3]也不是卡爾・赫爾曼[4]，不過一定有異於真正的我，我們彼此或許會相處得很棒。我會因為有你這樣的朋友、上司、叔伯、祖父甚至作為我自身的岳父（儘管有些猶豫）而感到幸運。唯有作為父親這點，你對我而言卻過於強大，尤其是我的弟弟們早夭，妹妹們的到來又間隔得久[5]，我首當其衝還必須獨自面對，我對此太無力承受。

把我們兩相比較：我，簡而言之，是一個帶有些許卡夫卡脈絡的洛威[6]，但這脈絡卻並非受到卡夫卡式的生命力、事業心、征服欲所激發，而是經由洛威式的鞭策，偷偷地、羞怯地，朝另個方向發揮，還經常無以為繼。你則是個真正的卡夫卡，強壯、健康、胃口佳、聲線宏亮、能言善道、自滿、對外界具優越感、有毅力、沉著、有識人之明、相當大方，當然也具有與這些優點相關的所有失誤與弱點，而其中你的脾氣以及偶發的躁鬱驅使你這樣。就我而言，如果拿你來與菲利浦叔叔、路德維希叔叔、海因里希叔叔[7]比較，你在世

---

3 Robert Kafka（1881-1922），卡夫卡的堂哥，叔叔菲利浦之子。
4 Karl Hermann（1883-1939），卡夫卡的大妹艾莉之夫婿。
5 卡夫卡是家中長子，兩個弟弟皆在一歲左右夭折，六年後，三個妹妹艾莉（Elli, 1889-1941）、瓦莉（Valli, 1890-1942）、奧特拉相繼出生。
6 Löwy，卡夫卡母親的娘家本姓。
7 Filip Kafka（1847-1914）、Ludwig Kafka（1857-1911）、Heinrich Kafka（1850-1886），卡夫卡父親的兄弟。

界觀上也不完全是個卡夫卡。這是奇怪的，對此我也不太明白。他們全都比你快樂、活潑、隨意、輕鬆，不像你那般嚴厲（順便說一下，這方面我倒是沒少繼承你，而且還把這份傳承管理得太好，但我本性不具備你所擁有的那些必要的平衡力）。另一方面，你在這點上也算經歷了不同階段，或許快樂過，直到你的孩子們，尤其是我，讓你失望，讓你在家感到壓抑（來了外人，你就另個模樣）。你現在或許又變得快樂了，因為你的外孫和女婿，再度給了你那些你自己的兒女們，瓦莉或許除外，所不能給的些許溫暖。無論如何，我們截然不同，並且在這差異裡互為威脅。以至於如果有人去預估，像我這樣成長緩慢的孩子以及你，一個成年人，會如何對待彼此，可想而知，你會輕易把我踩在腳下，踩得我一無所有。當然這並沒有發生，生命無法算計，但是也許更糟糕的事情發生了。我一再請求你不要忘記，我丁點都不曾認為過錯在你。你對我的影響是不由自主的，只不過你必須停止認為我之所以屈服於這影響，是由於我這方面的惡意所造成。

我是一個飽受驚嚇的孩子，儘管如此，我也會固執如一般小孩。母親當然也寵溺我，但我並不認為自己特別難以調教。我不相信，一句友善的話，一次默默的牽引，一個和悅的眼神，會無法讓我乖乖受教。如今你是個善良而溫和的人了（接下來所說的並不與此矛盾，我談的只是你在孩子面前的形象），但並非所有孩子都具備毅力與勇氣去尋尋覓覓，直到尋獲你的慈愛。一如你如何塑造了自己那樣，你只會透過力氣、嗓子以及脾氣來對待孩子，而這方式對你而言顯得非常合宜，加上你本來就打算把我培養成一個強壯勇敢的男孩。

現在我當然無法直接描述你早年的教養方式，但是透過稍後幾年回顧得來的結論，以及你如何對待菲利斯[8]，我就能大致想像出來。特別要加以考慮的是，那時候你還年輕，也就更精力充沛，更狂野、更具稟性、更漫不經心，而且你還整天為生意奔波，一天裡也難得讓我見上一面，以至於這居然讓我留下深刻的印象，而不是淡化成習以為常。

早年的事只有一件我記憶猶新，你可能也還記得。某個夜晚我嗚嗚咽咽地要水喝，當然不是因為口渴，而是可能想故意惹你生氣，或者是自娛自樂。你幾次嚴厲警告而沒能奏效以後，就一把將我拖出被窩，拎到屋外過道上，獨留穿著睡衣的我在那扇關上的門前站

8 Felix Hermann，卡夫卡的外甥，艾莉之子。

了好一陣子。我並不願說這樣做不對，也許當時你實在沒其他辦法以換取睡眠，但我想藉此闡明你的教育方式，以及它對我的影響。從那以後我就變乖了，但卻在內心留下創傷。那對我來說只是理所當然而無聊的「要水喝」，和那異常可怕的被「拎出去」之間，依我本性而言，怎樣也想不通二者的關聯。許多年後我仍然被那想像所折磨，那個巨人，我的父親，那終極權威，會幾乎不需要理由地在三更半夜把我拖出被窩並拎到屋外過道去，對他而言我什麼都不是。

這在當時只是個小小的開始，但這種經常主宰著我的一無是處的感受（以另個角度來看，誠然也是高貴及碩果累累的感受）多數來自你的影響。我原本需要一些鼓勵，一些友善，一些開放的前路，你反而將之堵住，當然你是出於好意，好讓我走上另一條路，可是那並不適合我。舉例來說，當我正確地敬禮以及走好正步時，你會鼓勵我，但我不是從軍的料；或者當我狼吞虎嚥甚至邊吃邊喝啤酒，跟著自己也不懂得的歌曲哼唱，跟著你的口頭禪鸚鵡學舌，你就會鼓勵我，但這一切完全不屬於我的未來。關鍵的是，今天你會真正給予我某些鼓勵，也只在當你自己被波及，在事關你的自我感覺被我破壞（比如我的結婚意向），或因我遭到破壞（比如培帕[9]辱罵我）的時候。你隨即鼓勵我，提醒我自身的價值，點出我在擇偶上的權利，而培帕則遭到徹底譴責。且不說我現今的年紀已幾乎不為鼓勵所動，那些並不首先著眼於我的鼓勵，對我又何用之有？

那時候啊那時候，我方方面面都需要鼓勵。僅憑你的魁偉就已把我壓制下去。例如我記得，我們過去經常同在一間更衣室裡脫衣服。我瘦削、孱弱、窄肩，你強壯、高大、寬肩。光是在更衣室裡我就已感到自己可憐，而且不只在你面前，在全世界面前都如此，因為你是我衡量所有事物的尺度。而當我們隨後步出更衣室，來到人前，我抓著你的手，一副小小的骨架子，惶惶不安，赤腳踩在木板上，怕水，沒辦法學會你的游泳動作，你出於好意一再為我示範，事實上卻只讓我深感羞愧，萬分絕望，在這樣的時刻，我各種糟糕的經歷全都了不起地聚在一塊。對我來說最棒的是，有時候你先自脫好衣服出去了，我獨自留在更衣室裡，盡量拖延當眾出醜的時間，直到你終於過來找我並把我趕出更衣室。為此我對你很是感激，因為你看起來未曾察覺我的煎熬，我還為自己父親的體魄感到自豪呢！順便說一下，我們之間類似的差異至今仍存在。

9 Pepa，瓦莉的丈夫 Josef Pollak（1882-1942）的暱稱。

這種差異相應符合了你在精神上占有的絕對優勢，你憑著自己的力量成就一番事業，因此你對自己的看法懷有無比自信。對小時候的我來說，那自信遠沒有我長大成人後來得刺眼。你在你的扶手椅上統治著這個世界。你的觀點是正確的，其他人都是瘋癲、偏激、怪誕、不正常的。你的自信心是如此強大，以至於你不必前後一致，總是有理。有時候也會這樣，你對某件事毫無意見，因此任何與其相關的意見也毫無例外地必定錯誤。例如，你可以臭罵捷克人，接著臭罵德國人，接著臭罵猶太人，不僅是挑事情罵，而是各方面都罵，到頭來，除了你之外再也沒有人可讓你罵了。在我眼中，你的莫測高深是所有暴君都具備的特質，他們的權力建立在他們自己，而不是建基於思想之上。至少在我看來是這樣。

但針對我，你實際上經常驚人地正確，談話時固然如此，因為我們本來就極少交談，但在現實生活中也是這樣。這也不是什麼難以理解的事：我的所有思想都處於你的重壓之下，包括那些與你分歧的想法，更是如此。所有看似獨立於你之外的思想，從一開始就承受著你的貶抑，以至於要在忍受貶抑之下完整而持續地闡明我的思想，幾乎是件不可能的事。我在這裡談的並非什麼崇高的思想，而是童年時候的每一件小事。只要為某件事感到高興，滿心歡喜，回到家裡說起來，換來的答覆總是帶著諷刺的嘆息，一個搖頭，一句手指敲著桌面的：「我還看過更好的呢」或者「我真該替你分憂啊」或者「我腦袋可沒這麼閒空」或者「拿這去買點什麼吧」或者「也算件事噢！」當然，沒有人可以要求被生活所困的你，去為每一件孩子的芝麻小事感到雀躍。但這不是重點。重點更在於，憑著你對立的本性，你總是且從根本上一再讓孩子失望，這種對立藉著事件的累積不停地壯大，以致它最終成了習慣，而你一旦和我觀點一致，孩子的失望最終不再是那生活裡習以為常的失望，而是，事關你這個衡量萬物的標竿時，這失望更擊中要害。對每一件事的勇氣、決心、信心、欣喜，只要你反對或僅僅假設你會反對，它們就無法持續到底；而幾乎所有我做的事都能作如是想。

這不但適用於想法，也適用於人。只要我對某人有點興趣——依我本性，這不常發生——就足夠讓你絲毫不顧我的感受，不尊重我的判斷，加以辱罵、誣衊、羞辱。像意第緒[10]演員洛威[11]如此天真無邪的人，也不得不為此受罪。在不了解他的情況下，你用我已忘記的可怕方式，把他比作害蟲；而那些我喜歡的人，你往往隨口就是

10 Jiddisch，意第緒語，流亡於中歐及東歐的猶太族裔使用近五百年的語言。其字彙及語法，隨著猶太民族由西往東的輾轉流亡，融合了中、西歐的羅馬語素和東歐的斯拉夫語素。

11 Yitzchak Lowy（1887-1942），波蘭演員，一九一一年隨劇團巡迴至布拉格時與卡夫卡相識。

狗和跳蚤[12]的諺語。我在此尤其記得那個演員，因為我當時寫下了你對他的評語：「我父親之所以這樣議論我的朋友（他根本不認識的人），僅僅因為他是我的朋友。當他指責我缺乏孝心以及忘恩負義時，我永遠可以拿這個反擊他。」我始終想不通，你怎麼會對自己的言語與評斷所帶給我的痛苦與恥辱如此不敏感？你似乎沒有意識到自己的威力。我肯定也經常以言語冒犯了你，但是我總會察覺，它讓我心痛，我無法控制自己不說，只是話一出口我就後悔了。但你卻是肆無忌憚地說話，你不會對任何人感到抱歉，當下如是，事後亦如是。你讓人完全無法招架。

但這就是你全部的教育。我相信你具有教育上的天賦，一個與你同類的人肯定可以透過你的教育而為你所用；他會明白你話語裡的理智，心無旁騖並安靜地把你吩咐的事情完成。而我小時候，任何你對我的呼喝即是天條，我絕對不會忘記，它們成了我判斷世界，尤其是判斷你本人的最重要手段，而你完全經不起這種判斷。小時候我主要在用餐時間才會跟你在一起，因此你給予的教誨大部分屬於餐桌禮儀。桌上的飯菜必須吃光，不許評論飯菜的好壞——而你

12 出自德國諺語：Wer mit den Hunden schläft, steht mit Flöhen auf。指和狗睡在一起的人，會帶著跳蚤起床。意近物以類聚。

卻經常抱怨飯菜難吃，稱之為「飼料」，是那「畜牲」（廚娘）把它毀了。相應於你的飢腸轆轆，以及你特別喜歡快速、趁熱並狼吞虎嚥地吃，孩子也不得不匆匆忙忙，餐桌上陰沉沉地悄無聲息，打破寂靜的是警告聲：「先吃飯，再說話。」「快點，快點，快點。」或者「你看，我早就吃完了。」不准撕咬骨頭，但你可以；不准發出簌簌聲地啜飲醋，但你可以。最主要的是，麵包必須切得平整，但你用滴著醬汁的刀切麵包，卻沒關係。務必當心沒有食物殘渣掉到地上，而你座下卻掉得最多。餐桌上只允許吃飯，你卻修剪指甲、削尖鉛筆、用牙籤掏耳朵。父親，請你好好理解我，這全都是無關緊要的細節，它們之所以讓我感到壓抑，是因為你這個標竿人物，自己並不遵守你為我訂立的清規戒律。這一來，世界在我眼裡一分為三，一是我作為奴隸活著的世界，裡面有專為我制定的法規，而我也不知道為什麼，總是無法完全遵循；然後是第二個世界，它與我的世界相去甚遠，那是你住的地方，你忙碌地統治著，發號施令，並為著命令不被遵從而動怒；最後是第三個世界，其他人幸福且不受任何命令，也不必循規蹈矩地活著的世界。我總是丟人現眼，一是服從你的命令，這是恥辱，因為唯獨我必須遵守它們；一是倔強抵抗，這也是恥辱，因為我怎麼可能在你面前抵抗你？再或我無力遵從，因為舉例來說我沒有你的力量，沒有你的胃口，沒有你的技能，但你依然把它當成理所當然地來要求我；這即是最大的恥辱了。

以這方式流動的並非思緒，而是孩提時的感受。

如果把我當時的處境拿來與菲利斯比較，或許就更為清楚。你也以類似的方式對待他，甚至對他採用一種更為可怕的教育手段。當你認為他在吃飯時有什麼舉止不當的地方，你不僅會用曾經對我說過的「你是一頭蠢豬」來說他，還會加上一句：「一個貨真價實的赫爾曼[13]」或「對啦！跟你爸一模一樣」。然而對於菲利斯，這或許——也僅僅是「或許」——確實不造成任何傷害，因為對他而言，你就只是一個非常重要的祖父，並非像你對我而言意味著一切。除此之外，菲利斯性格沉靜，現在就已有種陽剛氣概，也許會因為雷鳴般的吼聲而感到震驚，但不會長久被制約。主要是他相對地較少和你在一起，也還受著其他人的影響，你對他而言就是個親切奇趣的人，他可以從中選擇他要的東西。而對於我，你一點也不奇趣，我無從選擇，我必須全盤接受。

而且我不能對你的任何反對提出異議，只要你不同意某件事，或者它並非出自於你，那麼你從一開始就不可能平心靜氣地談論；你

13 Hermann，菲利斯的姓。

的專制容不得如此。最近幾年，你解釋說這是因你心緒緊張所致，我不知道你有哪裡與從前不同，心緒緊張至多是你用以實施更嚴厲管控的手段，因為一想到你的心臟狀況，再大的爭議也只得扼殺。這當然不是譴責，只是陳述事實。比如說到奧特拉：「和她根本無法說話，她張牙舞爪地撲面而來」，你總是這樣說，事實上她根本不曾張牙舞爪；是你把人與事混為一談了。事情衝你撲面而來，而你不去聽聽人家說什麼，立馬定論，再有人來跟你提一提，只會進一步激怒你，絕不可能說服你。然後人們就會聽到你說：「你愛怎麼做就怎麼做；你是自由的，跟我無關；你已長大，我沒有什麼建議可以給你」，而這全是以憤怒和徹底譴責的可怕、嘶啞語氣說出來的，現在這語氣已經不再使我像小時候那般顫慄了，這是因為一個孩子所獨有的罪惡感，已多少被我所洞察到的我倆的無助感所取代。

無法平心靜氣地交談還有個很自然的後果：我連話都不會說了。我本來也成不了一個偉大的演說家，但像一般人那樣流暢地說話我還算可以。我很小的時候你就已禁止我說話，警告我「不許頂嘴！」隨之高舉的手，就此一直伴隨著我。我從你那兒得來的——只要事情與你有關，你就是一個優秀的演說家——卻是說話結巴、口吃，就算這樣你仍然覺得我說得太多。我終於沉默不語，起初也許是出於反抗，但後來則是因為我在你面前既不能思考，也不能說話了。因為你是我真正的教育者，這就影響了我生活的所有層面。如果你認為我從來沒有按照你教的去做，這真是荒天下之大唐。你認定我「總是對著幹」，可這絕不是我拿來對付你的生活準則。恰恰相反，如果我對你不那麼順從，你肯定會對我滿意得多。你的教育方式許多都擊中要害，我沒能躲過任何一項；我成了現在的我，是（當然得先忽略先天條件以及後天影響）你的教育與我的順服形成的結果。儘管如此，這樣的結果讓你很尷尬，你下意識地拒絕承認這是你的教育成果，正是因為你的手與我這塊材料彼此陌生。你說：「不許頂嘴！」為的是以此遏止我心中惹你不快的反抗力，但這影響過於厲害，我太聽話，就此完全閉嘴，在你面前噤若寒蟬，直到遠離你，遠得你的威力起碼無法直接觸及我時，我才敢說話。但面對這些，你覺得我又在「對著幹」了，但其實這只是你的強大與我的孱弱必然造成的後果。

你在教育上最具成效的演說手段，至少對我而言它不曾失敗的是：咒罵、恐嚇、嘲諷、獰笑，以及——說來也怪——訴苦。

我不記得你是否曾以直接明確的髒話辱罵過我。這也沒必要，你還有很多其他管道，在家以及尤其在店鋪，你話語裡罵人的髒字照樣滿天飛，身處其中，我一個小男孩簡直嚇壞了，沒理由不把它們與自己聯想在一塊，因為那些被你咒罵的人肯定不比我糟糕，你對他們的不滿肯定不會更甚於對我。而這又再次是你那高深莫測的無辜和不可侵犯之處，你肆無忌憚地咒罵他人，但你卻譴責他人的咒罵，且還禁止它。

你用恐嚇來加強咒罵，罵我時也是這樣。讓我顫慄的諸如：「我會把你像魚一樣撕爛」，儘管我知道，不會有什麼更糟糕的事隨之而來（我小時候並不明白這點），但它近乎符合我對於你的權力的想像：你是能夠辦到的。你咆哮著、繞著桌子逮人時也很可怕，很明顯你根本不是真要逮住誰，只是作勢如此，最後是母親做做樣子來搭救。再一次，你讓孩子覺得這條命是經你開恩才撿回來的，而且往後活著都得將之視為不配得的、來自於你的饋贈。這之中還有恐嚇，關於不服從的後果。當我開始做一些你不喜歡的事，你就以失敗來恐嚇我，由於我對你意見的敬畏是如此之大，以至於失敗已在所難免，即便它也許在稍晚的時間點才出現。我對自己喪失了信心。我搖擺不定、迷惑不安，我的年紀愈大，你可以用以證明我一文不值的事蹟也愈來愈多；漸漸地，在某種程度上你確實是對的。再一次，我得小心不要斷言我會變得這樣就是因為你造成的；你只是加強原有的情況，但你加得太過了，你對我來說實在強大，而你還動用了全部力量。

你特別相信諷刺教育，它也最適合表達你對我的優越感。你的警告通常是這樣的：「你就不能這樣做嗎？這你無法勝任吧？當然，你不會有時間？」諸如此類。每一個這樣的提問都伴著你猙獰的笑與猙獰的臉。在還沒意識到自己犯錯以前，個人就已受到一定程度的懲罰。令人氣憤的還有那些以第三人稱來取代的訓斥，連被你直接訓斥都不配了；你表面上是在對母親說話，實際上是說給坐在一旁的我聽的，比如「這當然不能從兒子大人那裡得到」等等。（接著就出現了對臺戲，比如，只要母親在場，我就不敢直接向你提問，後來是習慣性地根本沒想到要這樣做。孩子覺得透過坐在你身旁的母親問起你，危險性就小得多，於是問母親：「父親好嗎？」好避免鬧出意外之事。）當然，我也有過對你那尖酸無比的諷刺深表贊同的時候，即當遭到諷刺的是別人，比如艾莉，我與她關係惡劣已經好些年了。幾乎每頓飯都要聽你說起她，對我來說簡直是場不懷好意與幸災樂禍的饗宴，你會說：「她得給我坐得離飯桌十公尺之遠，這胖丫頭。」當你生氣地坐在你的扶手椅裡，不帶絲毫友善或情緒的痕跡，儼然一個苦澀的敵人，試圖誇張地模仿她的坐姿，以表達你對她是多麼厭惡。類似的嘲諷重複多次，而你所取得的實際效果卻何等稀少。我想，這是因為你的大發雷霆與事情本身看來沒有合理關聯，孩子不會覺得是「遠離桌子坐」的瑣事惹你生氣，而是你本來就滿肚子火，而碰巧藉著這事爆發。孩子們確信，你要找碴發火隨時都能找到，因此不必太當心，何況你持續的威脅已讓人遲鈍，孩子們逐漸摸透了一點，即怎麼鬧也不會挨揍。就這樣，孩子變得悶悶不樂、心不在焉、毫不服從、總是想著逃匿，通常是內心裡的逃匿。你痛苦，我們也痛苦。當你咬緊牙關，喉頭發出咯咯笑聲，讓孩子們第一次有了地獄的概念時，你苦澀地說道（一如最近由於一封君士坦丁堡的來信）：「好一群烏合之眾啊！」以你的角度來說，你是對的。

與你對孩子的這種態度完全不相容的是，你經常當眾訴苦。我承認，我小時候（也可能稍晚些）對此無動於衷，也不明白，你怎麼竟會期待得到他人同情。你在各方面都那麼巨大，你怎麼會在乎我們的同情甚或幫助？你必定是對之鄙視的，正如你經常鄙視我們自己。因此，我不相信你那些訴苦，我想找出那後面隱藏著什麼企圖。只是後來我明白了，你確實為兒女飽受折磨，然而當時，訴苦在另一種情況下，還真可能找到童稚、開放、毫無顧慮以及準備給予任何幫助的意義，這無非又是你對我極其明顯的教育和羞辱手段而已，這樣的手段並不很高明，但它具破壞性的副作用，使得孩子習慣把應當嚴肅的事情不當一回事看待。

幸運的是凡事也有例外，且大多發生在你默默承受折磨時。愛與善以它們的力量克服一切對立因素，並讓人直接擁有。這種情形很罕見，但卻棒極了。諸如早前我在盛暑的下午，看見店鋪裡吃完飯後有點疲累而打盹的你，手肘支在桌上，或者在星期天，你精疲力竭來到避暑地找我們；或者母親病重時，緊捉著書架哭得渾身發抖的你；還有我上次生病時，你躡手躡腳來到奧特拉的房裡看我，停在門檻上，僅僅伸長脖子張望床上的我，而且思慮周全地只揮揮手表示問候。這樣的時光，我會躺下來為自己的幸福而哭泣，寫到這兒，眼淚又奪眶而出。

你也具有一種特別美好、極為罕見的笑容，沉靜、滿足、帶著稱許，它會讓看見的人感到很快樂。我不記得你是否對兒時的我有過如此明確的笑容，但它多半有過，你當年怎會吝於給予呢？我那時顯得天真無邪，並且你對我寄予厚望。順帶一句，這種和善的印象久而久之卻加重了我的罪惡感，並讓世界變得更加難以理解。

我更願意去抓住那些實際而持續的事。只為了在你面前有點分量，部分原因也是出自於某種報復，我很快就開始觀察、收集，並誇大那些我在你身上注意到的細小的荒謬事。舉例來說，你很容易就被大多看似顯赫的人物所蒙蔽，總是為之津津樂道，像是什麼宮廷議員之類的人物（另一方面，這樣的事讓我感到痛苦，你，我的父親，竟以為自身價值需要靠這種毫無意義的認可，還不斷炫耀）。我並還觀察到你愛說不雅的話，把它說得震耳欲聾，為之大笑，好像自己說了什麼特別好笑的話，而那只不過是些平庸且猥瑣的言詞（與此同時，這又是你那讓我感到可恥的生命力之展現）。類似的各種觀察當然有很多；我為之欣喜不已，它給了我八卦與取笑的機會，你偶爾會察覺，大為光火，認定這是出於惡意、目無尊長，不過，相信我吧！對我來說這不過是維護自我卻流於徒然的手段而已。它只是玩笑，像人們對神明與君主開的玩笑，這些玩笑不僅連結著最深的敬意，也屬於敬意本身。

與你在我面前的類似情況相呼應，你也嘗試一種抵抗。你常指出，我過得好得不得了，以及我是如何被善待。這是對的，但我不認為，在現有情況下那對我有什麼實質上的益處。

的確，母親對我無限好，但對我而言這一切都與你有關，也就是並非什麼好關係。母親不知覺地扮演了助獵者的角色。如果你的教育可以在微乎其微的可能性中，透過製造反叛、厭惡，或甚至怨恨，來使我學會自立，那麼母親是以她的慈愛、以合理的言詞（她是我們紛擾童年裡理智的化身），為我說情，我於是又被趕回你的勢力範圍，否則，我或許會衝出去，這對你我而言都是件好事。要不就是，事情並沒有達到真正的和解，於是母親只能在暗地裡保護我，悄悄地供給我，放任我，然後我在你面前又成了鬼鬼祟祟的傢伙，是個騙子，是個明知故犯者，一個因著自身渺小，就連本身當得之物都只能以低三下四的方式來獲取的人。當然，我也習慣了採取這種方式，去尋求我認為自己無權獲得的東西。這又加重了我的罪惡感。

你幾乎沒有真正打過我，這也是事實。可是你的咆哮，你漲紅的臉，你急匆匆解下的褲子吊帶，它垂掛在椅背上隨時待用的狀態，對我來說更為糟糕。就像一個人即將被絞死那樣。如果他真被吊起來，他就死了，一切就結束了。而如果他必須目睹整個準備絞刑的過程，一直到絞繩已垂在面前了，才得知自己已被赦免的話，那麼，他可能會為此痛苦一生。此外，你清楚說過，我好幾次都該挨打的，每一次都因著你的恩賜而僥倖豁免，這又再度使我感到強烈的歉疚。我在各個方面皆是對你的歉疚。

你向來指責我（單獨對我說，或當著其他人的面；你對於後者所帶給我的羞辱毫無感受，你的孩子的事總是被公諸於眾），說我靠著你的操勞，才得以無憂無慮地過上平靜、溫暖、豐衣足食的生活。

我想起你的那些話，那些必已烙印在我腦海裡的話，比方說：「我七歲時就要推著推車穿街過巷了。」「我們全都得擠在一間房裡睡覺。」「有馬鈴薯吃我們就很高興了。」「因為沒有足夠的冬衣，好幾年我腿上都是裂開的凍瘡。」「小小年紀我就得去皮塞克[14]一家店裡當學徒了。」「我沒有從家裡得到過什麼，就算從軍時也沒有，我還寄錢回家呢！」「儘管如此，儘管——父親總是我的父親。今天誰還懂這個！孩子們懂什麼？沒人吃過這種苦頭！現在的孩子能明白嗎？」在另一種情形下，這樣的故事可以是一卓越教材，可以激勵與鞏固孩子，讓他們在面對與父親經受過的類似磨難與艱辛時，知道如何存活下來。但這完全不是你所想要的，生活處境因著你的辛勞成果已有所改變，以你所達到的方式去脫穎而出的機會，並不存在。要創造這樣的機會，就非得透過暴力和顛覆不可了，一個人必須與家裡決裂（前提是自己有決斷力與力量這樣做，而且母親不以其他方式阻擾）。但這些全都不是你要的，你將之視為忘恩負義、放縱、不聽話、背叛、瘋狂。你一方面以例子、以故事、以羞辱來引誘我們，另一方面卻對此嚴加禁止。比如說奧特拉的蘇勞[15]冒險，撇開旁枝末節的問題不談，你本該感到欣喜。她想去農村，而你就

14 Písek，捷克西南部的城市。

15 Zürau，原德國屬波西米亞的一個小鎮，奧特拉曾在此地一隸屬卡爾．赫爾曼的農場工作。一九一七年卡夫卡罹患肺結核，也曾於此處休養數月，後形容那是人生中最美好的一段時光。

出自農村，她想工作，想體會艱苦，就像你經歷過的那樣；她不願意坐享你的勞動成果，一如你也未曾依賴你的父親。這些計劃就那麼可怕嗎？它遠離了你的榜樣與教誨？好吧！奧特拉的意圖以失敗告終了，甚至還有點可笑，鬧得轟轟烈烈的，她沒有好好為父母著想。但這難道僅僅是她的錯？難道不也因為環境所造成，尤其是你對她的疏遠？難道她對你（就像你後來企圖說服自己那樣）的疏遠，在蘇勞之後更甚於跟你在店裡時？你難道不就有那能力（前提是你能克服自己那一關）透過鼓勵、建議和關心，甚至只需耐性，讓一次冒險變成很美好的事？

談起這些經歷，你總要開個苦澀的玩笑，說我們過得太好了。但在某種意義上，它並非玩笑。你必須為之奮鬥的東西，我們從你手裡得到，但是，為了生存空間而進行的鬥爭，你很早就投入的鬥爭，我們當然也不能倖免。只是我們得要很晚，到成年的時候，才以孩子的力氣去鬥爭。我並不是說我們的處境因此一定不如你，二者恐怕不分軒輊──（其中的基本素質則另當別論）我們所處的劣勢在於，我們無法像你那樣炫耀自己的困窘，無法用它來羞辱他人。我也不否認，我完全有可能好好地享受、利用你偉大而成功的勞動成果，並將它發揚光大，讓你感到欣慰，然而我們的疏離是個阻礙。我可以享受你的給予，但是它帶著羞愧、疲憊、軟弱、愧疚感。因此，我只能像乞丐般地感謝你，無法以行動來回報。

這整套教育最直接的成果就是，凡事只要讓我從遠處聯想到你，我就完全逃離。首當其衝的就是店鋪。尤其在我的童年時期，當它還是間巷弄裡的小店時，它應該給過我何等大的歡樂啊！店裡非常熱鬧，夜裡燈火通明，有許多可看可聽的，還能這裡那裡地幫點忙，表現一下。最主要的是欣賞你傑出的生意才幹，你如何賣東西，如何招待顧客，開點玩笑，不知疲倦，遇到麻煩事的時候當機立斷等等；還有看你怎麼包裝或怎麼開箱，都是值得一看的好戲，這對一個小孩來說還真不是間糟糕的學校。可是，由於你從各方面漸漸讓我感到恐懼，店鋪與你在我眼中被劃上等號，店鋪便不再舒適了。有些原本理所當然的東西，成了痛苦、羞慚，尤其是你對待員工的方式。我不了解，也許大多數的店裡都是如此情況。（例如忠利保險公司[16]，我在那兒的時候情況就很相似。我向主管提出辭呈，說我受不了咒罵，即便不是在罵我；這雖不全是辭職的實情，但也不完全是謊言；家裡如此，已讓我對這些情況特別敏感地感到痛苦。）對於其他商店，兒時的我並不關心，我只聽見並看見你在店裡咆哮、

16 Assicurazioni Generali，義大利最大、世界第三大的保險公司。卡夫卡取得法學博士學位後，一九〇七年任職於該公司的布拉格分行。

咒罵與發火，我當時以為這樣的情形在這世上是絕無僅有的。不僅咒罵，還有其他暴戾行為。比如你會把不想被混淆的貨物一把從桌面掃下——你氣昏了，只能以這為理由替你稍作開脫——店員就不得不把它們撿拾起來。你老在說一個患上肺病的店員：「他早該死了，這頭病狗！」你稱員工們為「收費的敵人」，他們的確是，但遠在他們還沒成為敵人以前，我就覺得你已經是他們「付費的敵人」了。在店鋪裡我也好好地上了一課，那就是你也可能做出不公正的事；我自身無法很快察覺這點，因為我累積了過多的罪惡感，所以總覺得你是對的。但是在店鋪裡，按照我童稚的觀察，後來當然略有修正但相去不遠的觀察——那些為我們工作的陌生人，他們都不得不生活在對你無休無止的恐懼裡。當然，我之所以誇大其詞，是因為我毫不猶疑地認定，他人會跟我一樣怕你。如果是這樣，他們就真沒法活了；然而他們是成年人，有著許多極為堅強的神經，毫不費力就可以把你的咒罵當耳邊風，到頭來，你因此吃的虧還比他們多得多。但我是受不了店鋪的，它總讓我想起與你的關係；不提你的商業利益，不提你的控制欲，單單作為生意人，你就已遠比所有曾經追隨你的學徒優秀，以至於任何人的表現都無法讓你滿意，就像我永遠也無法讓你滿意一樣。所以，我必然是站在員工那邊的。並且，也因為出於自身的焦慮，我不明白你怎麼可以對一個陌生人那般咒罵，所以，就算是為了我自己的安全吧，焦慮的我試圖讓那些我認為已被激怒的員工，與你，與我們家人之間達成和解。要做到這點的話，光是對員工們採取一般的、客氣的態度還不行，連謙遜恭敬都稍嫌不足，我更要做到低聲下氣，不僅得先主動打招呼，還要盡可能避免他們的回禮。即便我這個無足輕重的人去舔他們腳掌，仍無法抵消你，這個主子，高高在上對他們施加的淫威。我與同僚們形成的這種關係，其影響超越了店鋪之外，延伸到未來（相似的情況是——不過沒有我的情況那麼危險和深刻——比如奧特拉也喜好與窮人打交道，同女僕們坐在一起，諸如此類，這都讓你很惱火）。到最後，我簡直害怕起店鋪來，無論如何，在上高中以前，它就再也沒我的事，而那之後就離我更遠了。此外，我覺得自己能力也完全無法勝任，就如你所說，連你自己也精疲力盡。我厭惡經商，厭惡你的事業，這使你非常傷心，於是你安慰自己（今天我為此又感動又羞愧），聲稱我沒有做生意的頭腦，我腦子裡裝的是更高的理想之類。你這些自欺欺人的解釋，母親聽了當然很高興，我在虛榮心的驅使下，加上身陷困境，也有點相信這說法。倘若我真的僅僅是因為擁有「更高的理想」才不願經商（我現在，直到現在，才真正厭惡經商），那麼，這些理想早就該在其他方面嶄露頭角，而不是讓我默默地，戰戰兢兢地，讀完高中，泅泳於法學院，直到我最終在這公務員的辦公桌前落腳。

我想逃離你，就也得逃離這個家，甚至逃離母親。雖然總能在她那裡得到庇護，但也只在跟你有關的時候。她原本可以在孩子的鬥爭時段成為一股獨立的精神力量，但她太愛你了，她更屈從於對你的忠誠。這還是孩子正確的直覺呢！因為隨著年歲的增加，母親與你關係更緊密了；當事情涉及她自己時，她總是美麗而溫婉地維護著她那最低限度的自主，並且從未真正傷害你，隨著年歲的增加，她卻愈來愈——感性多過理性地——盲目接受你對於孩子的判斷與譴責，在奧特拉這件鬧得嚴重的事上尤其如此。當然，我們必須時刻謹記，母親在家庭中的角色是多麼折騰以及耗盡心血。她為店鋪、為家務操勞，為家裡大小的病承受雙倍煎熬，這一切的最頂點，就是她夾在我們與你之間而飽受折磨。你一向疼愛她、體貼她，但是在這點上，你和我們一樣，都缺乏周到。我們都肆無忌憚地把她當成出氣筒，你從你那邊，我們從我們這邊。這是一種消遣，沒有惡意，我們只想著你與我們、我們與你展開的鬥爭，而母親，我們對她咆哮。你——當然你沒有任何過錯——使她因為我們而備受折磨，這也不是什麼好的家庭教育典範。這甚至像是把我們對待她的劣行都合理化了。她因你受了我們多少苦，又因我們受了你多少苦，更別提當你有理的時候，她因縱容我們而吃的苦，即便這「縱容」有時候只是一種對你那套系統無聲的、無意識的抗議。當然，母親若不是出自於對我們的愛，以及從那由愛而生的幸福感裡汲取了力量，她怎承受得了這一切？

妹妹們只在某方面與我結盟。和你之間的關係，瓦莉是最幸運的。她與母親最接近，沒有花太多工夫也沒有過太多傷害，她也像母親那樣對你百依百順。正因為她讓你想到母親，你也就比較和善地接受了她，儘管她身上缺乏屬於卡夫卡家的氣質。不過，或許這對你是正中下懷，既然毫無卡夫卡家的氣質，也就沒辦法按那方式去有所要求；你也不像對待我們其他人那樣，覺得她有所缺失，必須把它強制挽回。況且，你也從來沒有喜歡過女性身上表現出卡夫卡家的氣質。如果我們其他人未曾有所干擾，瓦莉與你的關係或許還會更加友好。

艾莉是唯一一個幾乎完全突破你的勢力範圍的例子。以小時候來看，我對她最不能寄予厚望。她是一個那麼笨拙、疲累、膽怯、易怒、帶罪惡感、低聲下氣、惡毒、懶散、嘴饞、吝嗇的小孩。我幾乎無法直視她，更別提和她說話。她總是讓我想起自己，處於同樣的教育魔咒裡，她與我何等相似。我尤其厭惡她的吝嗇，因為我的吝嗇有可能比她更厲害。吝嗇是深刻的不幸最可靠的跡象之一；我對萬事萬物都沒有把握，我真正擁有的只是那些我已經握在手裡或含在嘴裡，或至少是即將到手的東西，而偏偏這又是跟我處境相似的她，所急於從我這裡奪走的。但後來這一切都改變了，她小小年紀——這是最關鍵的——就離開了家，結婚生子，她變得快樂、無憂無慮、勇敢、慷慨、無私、樂觀。叫人難以置信的是，你居然對這些改變視而不見，反正就是不給予應有的肯定，你對艾莉長久以來的怨恨竟使你如此盲目；你的怨恨其實不曾改變，只是發洩的機會少得多了，因為艾莉不再跟我們同住，況且你疼愛菲利斯，對卡爾有好感，怨恨的事也就不再那麼重要。只有格爾蒂[17]有時還得因此吃上苦頭。

我幾乎不敢寫到奧特拉——我知道，我會因此毀掉這封信的所有預期效果。在一般情形下，也就是當她沒有陷入特別糟的困境或危險裡時，你對她只有憎恨；你親口對我說過，你認為她老故意惹你傷心、生氣，而當你為她飽受折磨，她即滿意又開心。簡直是個魔鬼。你與她之間必定存在著巨大的隔閡，比你我之間的還大，才可能產生這麼深的誤解。她離你很遠，你已幾乎見不著她，你看見的是一個幽靈，就坐在你對她疑慮重重的位置上。我承認，她特別讓你頭疼。那些錯綜複雜的事我無法看得通透，不過，她身上確實有股洛威的氣質，用最精銳的卡夫卡式的武器裝備。你我之間沒有過

17 Gerti，艾莉的女兒。

真正的鬥爭，我很快就被幹掉了，剩下的就是逃遁、苦澀、悲傷和內在掙扎。你們兩個卻一直處於戰鬥位置，一直精神煥發，一直體力充沛。這景象既壯觀又絕望。你倆最初一定是親密無間的，因為一直到今天，我們這四個孩子裡，可能也就奧特拉最完美地詮釋了你與母親的婚姻，以及那股把你們連結的力量。我不知道是什麼奪走了你們父女之間的融洽歡樂，我自然認為事情的進展跟我的差不多。你那方面是暴戾的個性，她那方面是洛威式的反叛、敏感、正義感、不安，而這一切還因為意識到卡夫卡式的力道而有恃無恐。我當然也影響了她，但並非刻意為之，而是透過我存在的實況。而且，作為最後一個孩子，她面對一個已然成形的權力結構，能夠從眾多既有的例子裡做出自己的判斷。我甚至可以想像，她內心有過一段時間的掙扎，不知是應該投向你的懷抱，還是成為你的敵人，顯然你當時錯失良機，讓她碰壁。若是真有可能，你們會是極其和睦的一對。即便我會因此失去一個盟友，但你們和樂融融的畫面能讓我得到足夠的彌補，再說，至少有一個孩子是讓你完全滿意的，它所給你帶來的無比幸福，或會變成對我的好處。當然，事到如今它只淪為一場夢。奧特拉與父親互不相通，她不得不跟我一樣，獨自尋找出路，她比我樂觀、自信、健康、肆無忌憚，因此在你眼裡，她比我更惡劣，更忘恩負義。這點我明白：以你的角度來看，她也只能是這樣。她本身就能透過你的眼睛來看自己，感受到你的痛苦，並為此——不是絕望，我才會絕望——感到難過。顯然矛盾的是，你經常看見我們湊在一起，竊竊私語，大笑，這裡那裡地聽到我們提及你。你覺得我們是厚顏無恥的陰謀家。好奇怪的陰謀家呀！你當然一直都是我們所談所想的主題，但我們坐在一塊，卻確實不是為了籌謀對付你的法子，而是使盡渾身解數，或開玩笑或一本正經地，以愛、反叛、憤怒、厭惡、順從、罪惡感，用盡全部心智力量，一起訴說我們與你之間這場可怕的官司，從每個細節、各個方面，藉各種機會，遠拉近扯。在這場官司裡，你總是自詡為法官，而你，至少在很大程度上（我還是給自己自然也會犯的錯誤留扇後門吧！）同樣屬於我們孱弱、迷惘的一方。

作為你的教育成果，一個總體上具有啟發性的例子就是伊爾瑪[18]。一方面，她是個外人，進你店鋪時已經成年，與你的關係主要建立在你是她老闆這點上，因此只是部分地受你影響，而且她已經到了會反抗的年紀。另一方面，她也是個親戚，尊敬你這個她父親的兄弟，由是你對她的權力就已遠遠超過一般的老闆。她身體羸弱，卻能幹、聰慧、勤奮、謙虛、可靠、無私、忠誠，愛你這個作為叔父

18 Irma，卡夫卡的堂妹，路德維希・卡夫卡的女兒。

的，且景仰你這個作為老闆的。她在其他崗位上不論之前或之後都很稱職，即便如此，你還是認定她不是個優秀的職員。在你面前她幾乎扮演了孩子的角色，當然也是由於我們的推使，你個性裡的形塑力對她是那麼巨大，以至於她（雖然只是針對你，但願，她沒有過深的童年創傷）在自身能力範圍內，滋長出健忘、粗心大意、尖酸的幽默，甚至還有些反叛，我甚至還沒有提到，她是病了，生活也不快樂，還肩負沉重的家務事。你以一句話概括你與她之間在我看來挺複雜的關係，那句話對我們已成經典，幾近褻瀆神明，不過恰恰證明你為人處事的無知，你說：「那虔誠的傢伙給我留下太多麻煩。」

我還可以描述更多受你影響的範圍，以及那些為了抵抗你的影響而進行的鬥爭，但提到這些，我就變得惶惶不安而必須去重塑故事。此外，你一直是離店鋪和家庭愈遠，就變得愈友善，也愈好說話、彬彬有禮、面面俱到、富同情心（我的意思是也有表面工夫），一個暴君即是這副德性，一旦出了自己的疆界，也就沒有必要繼續暴戾，與再底下的人相處也可以和顏悅色。例如在弗朗茲溫泉拍的全體照上，你站在一群悶悶不樂的小人物當中，確實顯得無比高大、興高采烈，宛如一個出巡的國王。孩子們本來也能從中得益的，如果他們自小就能學會去意識到這點的話，但這完全不可能。比如我，本不該一直於某種程度上生活在你最內圍、最嚴厲、最束縛的勢力範圍裡，任你發揮影響，但實際上我卻如此做了。

我不僅因此失去了家庭觀念，如你所言，相反地，我對家庭一事更有了概念，只不過它主要是作為負面因素（當然它永遠不會終了）以從內心擺脫你。家庭外的人際關係，因著你的影響而遭殃的可能為數更多。假如你認為我以愛以忠誠為外人做一切事，而對你對家人卻以冷漠與背叛相待，這你就錯了，而且錯得很徹底。我要第十次重申：無論如何，我多半照樣會成長為一個害羞、膽怯的人，然而導向那之前，有著一道漫長而黑暗的道路，從那兒真正把我引到這個地步。（迄今為止，我在這封信裡故意避而不談的事還比較少，今後我卻不得不少說一些事，那些要在你我面前坦言依舊太難以啟齒的事。我之所以這樣說，為的是假若我的整體描述在這裡那裡有些不清楚，你別不相信，而把它歸咎於缺乏證據，事實上有太多證據存在，它們甚至可以形成一幅刺眼得難以忍受的畫面。要把事情敘述得恰如其分，一點也不容易。）這裡只需回想一下以前的事就夠了，我在你面前失去了自信，取而代之的是無窮無盡的歉疚感。（回憶起這無窮無盡，我曾貼切地描寫過某一個人：「他擔心他死後，羞愧還會留存。[19]」與其他人相處時，我無法在瞬間變成另個人，我倒可以對他們感到很深的歉疚，因為正如我說過的，我必須彌補他們，彌補在店鋪裡你跟我皆有責任造成的虧欠。除此之外，只要是與我來往的人，你都當面或背地裡有所異議，我不得不為此請求寬恕。你在店鋪與家裡都試圖教導我對大多數人不要太信任。（你能說出一個對小時候的我來說很重要，卻未曾被你批評得體無完膚的人嗎？）奇怪的是，這種不信任並沒有對你形成負擔（你很堅強，可以承受這些，況且，這事實上或許僅僅是個專制者的標籤）——在我這個小孩眼裡，沒有什麼事能印證這種不信任，因為入目所及盡是出類拔萃的人。於是在我心中，這種不信任演變成我對自己的不信任，演變成了對所有其他人綿延不絕的恐懼。整體而言我是當然無法擺脫你了。你之所以會有這種誤解，可能在於你其實對我所交往的人一無所知，心懷猜疑與妒忌（難道我否認過你是喜歡我的？），以為我摒棄家庭生活，就一定得在別處尋找彌補，但我在外面畢竟不可能像在家裡那樣過活。另外，在這方面，也正是對自己判斷的不信任，給了兒時的我一絲安慰；我告訴自己：「你太大驚小怪了，感受一下，小孩子向來都這麼做的，把瑣碎的事看成了絕大的例外。」然而隨著我往後的見多識廣，這絲安慰也近乎消失殆盡。

19 卡夫卡小說《審判》中的最後一句。

在猶太教裡，我也沒有找到多少擺脫你的方式。救贖在這裡原本是得以想像的，而且不止於此，在想像的可能性裡，我倆都在猶太教裡發現彼此，或者還真從那裡和諧地走出來。可是我從你那裡得到的，是個什麼樣的猶太教啊！這些年來，我從中大致經歷了三個階段。

作為孩子，我同意你的看法，為自己去教堂去得不夠勤、沒有齋戒等諸事而責備自己。我以為我不是對自己，而是對你犯了錯，隨時等待著的罪惡感，因而瀰漫了我全身。

後來，少年的我不明白，你怎麼能夠以你那什麼也不是的猶太信仰，指責我（就為了虔誠吧！你是這樣說的）沒有努力地做出類似的模樣。就我所見，那確實是個虛無的信仰，一個不是玩笑的玩笑。你一年裡去四次教堂，在那兒比慎重的教徒們更顯得置身事外，你完成例行公事般地耐著性子念完祈禱文，有時還能指出經書裡正被朗讀的行數給我看，讓我驚訝不已。此外，只要是在教堂裡（這是重點），我就可以隨心所欲地到處蹓躂。我在那裡哈欠連連，瞌睡不斷，消磨那漫長的時間（我想，只有後來在舞蹈課裡，我才又感到這麼無聊）。我盡可能找些小小的消遣方式來解悶，比如當約櫃打開時，我總是想到射擊場，在那兒如果你射中黑靶，一扇箱門就會打開，只是從那出來的往往是有趣的東西，而在這卻是老舊的無頭娃娃[20]。另外，我在教堂裡總也感到非常惶恐，不僅僅是因為必須面對許多人，免不了會跟他們近距離碰觸，還因為你有次偶然提到，說我或會被叫到前面去誦經。我為此膽戰心驚了好些年。儘管如此，我的無聊基本上並不太受干擾，頂多就是因著受戒禮[21]而已；它只要求做個可笑的背誦，於是也就成了一場可笑的成績考核。然後就是涉及你的，無關緊要的小事，比如你被叫去誦經，並順利通過這對我來說就是一純粹社交的活動，或者你為了參加安魂禮必須留在教堂而打發我回家；顯然因為我是被打發走的而且缺乏深度參與，有很長一段時間，它恍恍惚惚地引起了一種感覺，即是這裡將有什麼不正經的事要發生。——這就是教堂裡的情形，在家裡的話就更糟了，只在逾越節頭一晚有宗教儀式，連那也愈來愈成了讓人笑到抽筋的鬧劇，這當然受到了孩子們長大的影響。（你為什麼非得順從這影響不可呢？因為你是始作俑者。）這就是你傳給我的教義，此外頂多有隻伸出來、指著「百萬富翁福克斯的兒子們」的手，在盛大的節日裡，他們與父親一起來到教堂。我不明白，對於這樣的教

20 Bundeslade，約櫃中放有摩西十誡的兩塊石板，石板狀如無頭娃娃。
21 Barmizwe，猶太人的成年禮。

義，除了盡快把它忘得一乾二淨之外，還有什麼更好的做法？把它忘得一乾二淨恰恰是最虔誠的行為。

再往後我對這些事的看法又有了改變，也開始理解，為什麼你會認為我在這方面是如此惡劣地背叛了你。你從你那個猶太人聚居的小村莊確實帶來了些許猶太信仰，不多的信仰在城市以及軍旅中又流失了一些，儘管如此，年少的印象和回憶勉強能撐起一種猶太信仰的生活方式，主要還是你並不太需要這種幫助，你來自一個非常強健的家族，宗教觀念如果沒有與社會觀念相結合，你就不會為之震撼。歸根究柢，主導你的生活信念的，就是你相信某個猶太社會階層觀念的絕對正確；由於這些觀念就是你性格組成的部分，你信的就是自己。那裡面還有著足夠的猶太信仰，但是要作為傳承給孩子的東西就未免太少，當你傳授時，它已整體散落。一方面是由於年少的印象無法傳授，另一方面是你令人害怕的性格。你無法讓一個由於害怕而變得觀察入微的孩子理解，那些你冠以猶太教名義所實踐的，符合你的冷漠的虛無信仰，會具有更高的意義。對你來說，那是對過去時光的一點懷念，因此你想把它們傳給我，但那些東西對你自己也不再具備價值，你只能以勸說或威脅我接受；這一方面無法成功，而另一方面你完全沒有意識到你處於弱勢，你必定會對我明顯的冥頑不靈大為光火。

這整件事並非孤立現象，大部分這一過渡世代的猶太人表現相仿，他們從相對虔誠的農村移居到城市。這是自然產生的，只是它給我們已經夠多衝突的關係，又增添一道痛苦。在這一點上，你應當像我這樣，相信你的無辜，並且從你的性格以及時代背景來解釋，而不是僅僅以外在環境，比如說什麼你有太多別的事要做、別的心要操，所以無暇顧及這些事。你以這種方式，把自己確鑿的無辜一轉而成為針對他人不公的指責。這在任何地方以及此處都可以被輕易駁倒。這並不是給不給孩子上一堂他們該上的課的問題，而是事關如何有個可以成為榜樣的人生；假設你的猶太信仰更為強大，那麼你的以身作則就會更讓人信服，這是自然的。且再說一遍這不是指責，而是針對你的指責所作的一種捍衛之言。你最近讀了富蘭克林的年少回憶錄，這本書其實是我有意給你讀的，但並不是像你所嘲諷的，是基於書裡有一小段談到了素食主義，而是基於書中作者與他父親之間的關係，如何在這原本為他兒子所寫的回憶錄裡自然流露出來。在這裡我就不贅述了。

我對你的猶太信仰所持有的看法隨後又得到一定的證實，那是當你發現我對猶太事物開始感興趣後，藉由你的態度所表現出來的。你從一開始就反對我所做的每一件事，尤其厭惡我選擇興趣的方式，在這件事上也是如此。儘管如此，我還是有所期待，希望你會在此有個小小的例外。這裡攪動的，可是涉及你的猶太教的猶太教啊！即是說我倆之間有可能藉此建立起新的關係。我不否認，這件事，你要是對它表露出興趣，我反倒還會對它有所懷疑呢！我並非想說自己在這方面比你行。我們還未曾有過任何較量。經過我的引介，你覺得猶太教惹人討厭，猶太經書不堪一讀，它讓你「噁心」。所以意思可能是，你堅持你在我小時候所傳授的猶太教才是唯一正統，其他的皆不算數。然而，你所謂的堅持幾乎是難以想像的。如果按照你的說法，「噁心」（姑且不論它首先不是衝著猶太教，而是衝著我個人而來），就只能表明你不自覺地承認了，你的猶太教以及你所對我傳授的猶太教育是有缺陷的，你絕對不願意他人提醒你這點，你對所有的提醒都回以公開的憎恨。此外，你對我的新進猶太信仰所抱持的負面評估也未免太誇張了。首先，它本身帶著你的詛咒；其次，基本的人際關係在猶太教的發展中有著決定性的作用，對我來說，這也就是致命的。

你對於我的寫作，以及你所不知道的與之關聯的事物所抱持的厭惡感，算是比較對的。在寫作中，我確實自主地離你遠了一點，即便這有些讓人聯想起蟲子，牠的後半截身子被一隻腳踩住，牠以前半截身子掙脫，爬向一邊。我有了相當的安全感，得以鬆一口氣；

對我的寫作，你當然是立即表示厭惡的，我在這裡反常地表示歡迎。你收到我的書時，那一句現已眾所周知的「擱到床頭櫃上吧！」（我的書抵達時你多半在打牌）讓我的虛榮心、野心都受到了踐踏，但是基本上我感覺挺好，不僅因著叛逆下的惡意，不僅因著找到了肯定我對我倆關係看法的最新證據而竊喜，而是相當本能地，那些公式化的話聽在耳裡像是：「現在你自由了！」當然這是一種假象，我並不自由，或者樂觀地說，是暫時還沒自由。我的寫作都與你有關，我在作品裡申訴的，是那些我無法在你胸懷裡申訴的話。這是我有意拖延的與你的訣別，只不過這訣別雖是為你所逼，卻是由我來決定去向。但這一切書寫是何等微不足道啊！它之所以還值得一提，是因為它發生在我的生命中，要是別人，根本就不會被留意到，也還因為它在我的童年時期即作為徵兆，後來作為希望，再後來更常作為絕望，主宰著我的生活，操縱著——可謂又是你的化身——我幾個小小的決定。

比如職業的選擇。毋庸置疑，你以你的寬宏大度，甚至可以說是耐心，在這方面給予我充分的自由。當然你這樣做也是在遵照你奉為權威的猶太中產階級一般的教子方式，或至少是這個階級的價值觀。最後，你對有關我這個人的誤解之一也在發揮作用。你一直以身為人父的自豪感，以對我真實生活的一無所知，以我的孱弱所得出的結論，認為我特別勤奮。在你看來，我小時候不斷學習，而後來不斷寫作。其實根本不是這麼一回事，更顯得毫不誇張的說法是，我很少學習，我一無所獲。多年來，我憑著差不多的記憶力、不算太糟的理解力，把一些東西留在了腦子裡，這也沒什麼好奇怪的，無論如何，在表面上無憂無慮、平靜安寧的生活中，與我所花費的時間與金錢相比，尤其是與我認識的幾乎所有人相比，我在知識上的總和，尤其是基礎知識，極為薄弱。我知識淺薄，但我覺得這可以理解。打從我能思考開始，我就對維護精神上的存在感到憂心忡忡，以至於對其他事都漠不關心。我們這裡的猶太高中生有些古怪，你可以在這看到最不可思議的事，但像我這樣一個冷漠、不加掩飾、堅不可摧、孩子般無助，直至可笑地在自己的世界裡，極度滿足於對一切的漠不關心且冷酷異想的孩子，我在別處從沒見過。但這一切是為了抵抗因恐懼與歉疚感造成精神困擾的唯一防護。我只忙著為自己擔憂，以許多不同的方式。像是去關心我自己的健康；它開始得很輕鬆，這裡那裡的些許擔心，消化不良、掉髮、脊椎側彎等等，這種擔心開始無限升級，最後以真的病倒結束。由於我對什麼都沒有把握，對自己的存在每一刻都需要新的確認，沒有什麼是真正、確鑿無疑、獨占並明確地由我來定奪的東西，我事實上就是個被剝奪繼承權的兒子，因此，我連與自己最親近的事物——我的身體，都沒有把握。我很早就長得高，這樣的身高讓我不知所措，背脊不堪重負而長歪；我不敢亂動，甚至不敢運動，身子羸弱；對於我還擁有的一切，我驚訝地視為奇蹟，例如我良好的消化系統；這一驚訝，就足已讓我失去它，隨之而來的有各種疑難雜症，直到因為想結婚而承受過人艱辛（我還會談到這事的），血液湧出肺部。舍恩博恩宮[22]的公寓——我需要它，只因為我覺得可以在那裡寫作，所以也包括了這封信的書寫——可能是出血的一大原因。這一切並非由於我的過度操勞，像你一直以為的那樣。有好些年，健健康康的我懶洋洋地躺在沙發上閒度的時間，比你一輩子這樣躺著的時間還多得多，而這還是把你生病躺下的時間也算進去了。當我行色匆匆從你身邊溜過，多半也只是為了回到我的房裡躺下歇會兒。我的整體表現不管是在辦公室（在那兒惰性不太引起注意，而且我的膽怯形成了制約）或是在家裡，都極其微小。你要是通觀一下，將會為之震驚。我的天性大概並不怠惰，但是我無事可做。在我生活的地方，我老是被拋棄、被貶斥、被打倒，我費盡心機想逃往他處，但這份努力並非勞動，因為這是在做不可能的事，除了少數例外，我力有未逮。

22 Schönbornpalais，原為布拉格一座貴族宮殿，後經改建，卡夫卡於一九一七年三月租下其中兩個房間，同年因罹患肺結核而提早退休，搬離此處。現為美國駐捷克大使館。

就是在這種狀況下，我獲得了選擇職業的自由。然而我真的還有能力去運用這份自由嗎？我還能相信自己會獲得一份真正的工作？我的自我評價更多地依賴於你而不是其他東西，比如外在的成功。那也只不過是一瞬間的強心劑，而在另一面，你的重量愈加用力地把我往下拉。我以為自己永遠都不會完成小學一年級的課程，但我完成了，還得了獎學金；高中入學考試我當然也不會及格，但是居然考上了。那麼高中一年級該會留級吧？沒有，我沒有留級，而是一級又一級地升上去了。這些事並沒有給予我信心，相反地，我始終確信——你不以為然的神情就是確鑿的證據——我爬得愈高，到最後就必定跌得愈慘。我腦海裡經常看見老師們集聚一堂的可怕畫面（高中不過是個最顯著的例子，圍繞著我的全是類似的情形），如果我通過了一年級，那麼就發生在二年級，如果我通過了二年級，那麼就發生在三年級，如此類推。老師們集聚一堂，就是為了調查這獨一無二、駭人聽聞的事件，我這個最無能以及最無知的學生，到底是怎麼潛進了這一級的。這既然已引起大家的注意，當然就得馬上把我開除，好讓所有從這個噩夢裡解脫的正義者感到歡欣鼓舞——背負著這種想像過活，對一個孩子來說一點也不容易。在這種情形下，我怎麼可能專心聽課？誰還能在我心裡擊出一絲興趣的火花？功課對於我——在這關鍵年齡，不僅僅功課，還有我周遭的一切——猶如一個銀行的貪汙犯，仍然在位，提心吊膽地害怕著自己的罪行被揭發，對銀行小額業務依舊心懷不軌，但作為銀行職員又不得不加以處理。如此渺小，如此遙遠，一切都沒有觸及主要的事。我就這樣繼續學業，直到參加了畢業考，有一部分的確是靠矇混過了關，然後這一切戛然而止，現在我自由了。如果我在中學時儘管在高壓政策下也只顧著自己，像現在這樣，我早就自由了。我並沒有選擇職業的真正自由，我知道：對我而言，與那主要的事情相比，一切都像中學時候的所有課程那樣無關痛癢，關鍵在於找一份工作，一份不會太傷害我的虛榮心，尚允許我漫不經心的職業。於是，學法律就是理所當然的選擇了。出於虛榮心和無謂的希望，我做了少許逆反小嘗試，比如學了十四天的化學、半年的德意志學，但這些嘗試也只堅定了我那些基本信念。我還是學法律吧！這意味著在考試前的幾個月裡，我的神經緊繃，精神上由木屑餵養，而且在我之前已有上千張嘴咀嚼過了。但這在某種意義上還滿對我胃口，正如之前上高中的某種意義以及之後的公務員工作，因為這一切與我的處境相符。總之，我在這方面展示了驚人的先見之明，小時候就對學業與職業有了足夠清晰的預感。我並不指望從這裡找到出路，在這方面我很久以前便已放棄。

有關婚姻的意義與其可能性，我卻沒有任何的先見之明；這個我生命中迄今為止最大的驚恐幾乎是突如其來地發生的。這個孩子成長得如此緩慢，這些事對他而言顯得過於遙遠；偶爾才有必要去想一想它。而這裡醞釀著一場持久的、決定性的，甚至於最嚴酷的考驗，卻是我始料未及的。事實上，結婚的打算成了最宏大、最具希望的救援，當然，它的失敗也與之相應地宏大。

由於我在這方面諸事不成，我擔心現在也無法成功地向你解釋清楚我屢次的結婚打算。而這關係到這整封信的成敗，因為這些打算一方面積聚了我所有的積極力量，另一方面，帶著憤怒的全部消極力量也洶湧而至，它們是你所施予的教育的副產品，我描述過的，諸如懦弱、缺乏自信、歉疚感，在我與婚姻之間拉起了一道警戒線。

我之所以很難解釋清楚，是因為我在這裡日以繼夜、夜以繼日地不斷思考不斷扒挖，以至於現在完全模糊了視野。唯一讓我覺得更容易解釋的是，我認為你對這件事完全誤解了；要稍微修正這麼完全的誤解似乎不太難。

你先是把我的屢次結婚未遂歸入我的系列失敗；我對此沒有異議，前提是你得接受我之前對那些失敗所作的解釋。它確實屬於這一系列失敗，但你低估了這件事的意義，過分低估了，以至於當我們談起它時，談的簡直就是兩碼子事。我敢說，你的一生中從未發生過哪些對你有著重大涵義的事，像我的結婚打算對我所代表的那樣。

我並不是說，你沒有經歷過什麼大事，正好相反，你的生活比我的豐富得多，掛慮得多，也緊迫得多。但也正因如此，你沒有遇到過類似於我的事。這就好比一個人必須爬上五級低臺階，而另一個人只須爬上一級，但這一級至少對他而言，有那五級加起來那麼高；頭一個人不僅會爬上這五級，還會爬上成百成千級臺階，他會過上一個偉大而艱辛的人生。但是沒有一級他所爬上的臺階，能像那第二人的一級臺階那樣重要。對於那第二個人來說，他的第一步是個高臺階，一個用盡力氣也難以爬上的臺階，爬不上，就自然無法越過它往前而去。

結婚成家，生兒育女，在這個動盪不安的世界撫養兒女，甚至還給予一點引導，在我看來，就是一個人所能達到的極致。許多人似乎輕而易舉地做到了，但這並不足以成為反證，首先，做到的人其實並不多，其次，這些為數不多的人大多不是主動「為」之，這些事只是「發生」在他們身上。這雖然不是那極致，卻也十分了不起，十分光榮（尤其因為「為」與「發生」並非涇渭分明的）。無論如何，問題根本不在於這個極致，而是有關某種體面的遙相呼應；要取暖的話，可不必直接飛到太陽中心去，而是鑽到地球上一片純淨的、有陽光偶爾照射的地方，在那裡也可以獲得一點溫暖。

我為此做了什麼準備？不能再更糟了。這點從我前面所講的也就看得出來。不過，只要對某事有直接的準備，而且也直接創造了一般的基本條件，你表面上倒沒有太多干預。也只可能是這樣了，在這裡發揮決定性作用的是兩性之間普遍的階級、民族，以及時代觀念。但你畢竟還是干預了，只是不多，因為這種干預的前提只能是強烈的彼此信任，而我們兩個很久以來就在關鍵時刻缺乏這種信任，鬧得不歡而散，因為我們的需求截然不同。觸動我的事，你肯定無動於衷，反之亦然；在你那兒並非過失的事，在我這兒可能是一種罪過，反之亦然；對於你不形成後果的事，可能就是我的棺材蓋。

我記得，有一天傍晚我同你和母親一起散步，我們走到了今天聯邦銀行附近的約瑟夫廣場，我開始談論一些有趣的事，我愚蠢地誇誇其談，優越、驕傲、沉著（這不是真的）、冷靜（這是真的）以及結結巴巴地，我與你說話時大多如此，我責備你們沒有好好教導我，我的同學們不得不引導我，我處在很大的危險邊緣（在這裡我肆無忌憚以自己的方式撒謊，只為了想顯得勇敢些，因著我的膽怯我根本無從想像什麼是「很大的危險」），最後卻暗示，所幸現在我已經全都知道了，再也不需要什麼意見，一切都很好。重點是我開始談起這個了，至少能談一談，這就讓我感到舒暢，其次也是出於好奇心，以及最後還為了想報復你們一下。你按你的本性認為這很簡單，你就說了像這樣的話，說你可以給我一個意見，讓我怎樣才能毫無危險地辦這種事。這樣的回答或許正是我想從你口中套出來的話，很符合像我這樣一個腸肥腦滿、四肢不動、老在自己瞎折騰的青春期孩子的心理。但你那幾句話卻傷害了我外在的羞恥心，或者說我以為自己深受傷害，以至於我無法再違心地跟你談下去，並傲慢而粗暴地中斷了談話。

要評價你當時的回答，並不是一件容易的事。一方面它坦率得驚人，帶著一定程度的原始性；另一方面，就教導者本身而言，卻有一種新時代的無所顧忌。我不記得當時我有多大，肯定不會比十六歲大多少。對於這個年紀的男孩而言，這的確是個很奇特的回答，而這竟是我從你那兒獲得的第一個直接的、關係到現實生活的教誨，這也表明了我們之間的距離。這在當時就已是深植腦海的教誨，但其真正涵義，要到很久以後，我才朦朦朧朧地意識到：你所勸告的，是在你看來天底下最齷齪的事，甚至在我當時看來也是如此。你想要確保我身上不帶著穢物回家，這是次要的，你無非是想保護你自己，保護你的家。更重要的是，你置身於你的勸告之外，一個結了婚的男人，一個純潔的男人，超越於這種事之上；當時，這對我更顯糟糕的可能是，就連我也覺得婚姻是可恥的，我所聽到的關於婚姻的一般訊息，因而無法應用到自己父母身上。你因而顯得更純潔、更高大了。若說你在結婚前可能也曾給自己出過類似的主意，這樣的念頭我完全無法想像。所以你身上幾乎就沒有丁點世人的齷齪了。而就是你，以那些赤裸裸的言詞，把我一腳踢進這齷齪裡，彷彿我就是那樣的人。我很容易就可以想像，倘若世界僅由我和你組成，那麼，世間的純潔便隨你而終，而按照你的建議，世間的齷齪便因我而生。你如此判定我，著實讓我難以理解，只有古老的罪愆以及你對我最深的鄙視可以解釋這些。這使我內心深處又受一次重創，而且是重重的一記。

這可能也把我們雙方的無辜突顯得最為清楚。甲按照自己的生活觀念給予乙一個赤裸裸的建議，這個建議不太文雅，但在當今的城市裡已司空見慣，也許還能避免健康受損。這個建議沒法加強乙的道德觀念，但乙為什麼就不能隨著時間的流逝自行擺脫這傷害？況且，他也完全不必去聽從這個建議，不管怎樣，單單這個建議並不會導致乙的整個未來世界崩潰。若果這真的發生了，也僅僅因為你就是甲，我就是乙。

對於這雙方的無辜我之所以看得特別通透，也是因為大約二十年後，在完全不同的情形下，我們之間又起了一次類似的衝突，事實上非常可怕，但比上一次帶來的傷害小得多，因為我已三十六歲了，還能有什麼傷害。我指的是我們那次小口角，在我最近一次宣布結婚打算後的那幾個不平靜日子裡。你大致是這樣對我說的：「她八成是穿了某件精挑細選的襯衣，布拉格的猶太女人就會來這一套，你一見這襯衣自然就決定娶她了。而且愈快愈好，一星期後，明天，今天。我真不明白你，你是個成年人了，住在城市裡，除了隨便找一個馬上結婚，你就沒有別的辦法，沒有別的可能性嗎？你要是感到害怕，我會親自陪你去的。」你講得比這更詳盡、更直白，但我已記不清細節了，可能當下聽得傻了，倒是更在意母親的反應。雖然她完全以你的看法為是，卻從桌上拿起什麼東西，走出了房間。

你幾乎不曾對我說過更羞辱的話，也未曾更明顯地表露出你對我的鄙視。二十年前你對我說出類似的話時，還能從你的眼裡看到對一個早熟城市少年的某種尊重，你認為已經可以不必繞圈子地將他引導進生活裡來。今天，這種想法可能只會讓你更鄙視我，因為這個當時就要開跑的少年，卡在了起跑點上，你覺得他現今並沒有更豐富的經驗，這二十年愈活愈可憐。我關於女孩的選擇對你而言毫無意義。你一向（無意識地）壓制我的決斷力，現在卻認為自己（無意識地）知道了決斷力的價值。對於我嘗試往另個方向擺脫你的事，你一無所知，因此你也無法理解那引導我朝向結婚打算的思路，你只能揣測，按照你對我的整體評價，往最可惡、最粗俗、最可笑的地方猜。你毫不猶豫地也以同樣方式對我說出口。在你看來，你對我的那些言語羞辱，又怎及得上我以結婚所帶給你的名譽上的羞辱。

現在，關於我的結婚打算，你可以給予我一些答覆，而你也的確這樣做了：你說你無法給予我的決定多少尊重，因為我兩次與F.[23]解除婚約又兩次重訂婚約，還把你和母親徒勞地拖到柏林參加訂婚儀式等等。這一切都是真的，但怎麼會變成這樣？

兩次打算結婚的基本想法都很正確：我想成家，想獨立自主。這個想法討你喜歡，但它在現實中幻滅，就像兒童遊戲裡，一個人一邊抓著甚至緊壓著另一個人的手，一邊還喊著：「你走啊，走啊，你幹麼不走？」而我倆的情形複雜就複雜在，你總是誠懇地說著「你走啊！」，但卻一直不自覺地，以你個性上的力量拉著我不放，或者更正確地說，壓制。

雖然出於偶然，那兩個女孩[24]卻是經過精挑細選的。你竟以為像我

---

23 指菲利斯．鮑爾（Felice Bauer, 1887-1960），卡夫卡的未婚妻，兩人曾於一九一四年、一九一七年訂婚，又在同年解除婚約。

24 卡夫卡在一九一九年與茱莉．沃里契克（Julie Wohryzek, 1891-1944）訂婚，一九二〇年解除婚約。

這樣一個膽小如鼠、猶豫不決、疑慮重重的人會因為喜歡一件襯衣就衝動地要結婚，這說明你又完全地誤解我了。那兩次婚姻若成事，更多的是理智的結合，這樣說的意思是，我第一次曾數年之久、第二次則一連數月，日以繼夜地冥思苦想結婚的計劃。

這兩個女孩並沒有讓我失望，是我讓她們失望了。我現在對她們的看法，與我當初想娶她們的看法完全相同。

我在第二次嘗試結婚時，也並非忘了前車之鑑而草率為之。兩次的情形截然不同，正是早前的經驗，給我第二次的嘗試帶來了希望，而這是個整體而言更具前景的婚姻。細節我在這就不談了。

那我為什麼結不成婚呢？個別障礙是無處不在的，但生活不就是不斷地去跨越這些障礙。只是很不幸地，與個案無關的根本障礙是，我顯然精神上還沒有能力去結婚。這從我決定結婚的那一刻起就看得出來，我再也無法入睡，日與夜都滿頭熱，沒法再過日子，在絕望中搖擺。這並非憂慮所致，儘管我的呆滯與迂腐也招來了無窮憂慮，但這並非關鍵，它們只是如蟲子一般完成了打掃屍體的工作，決定性的打擊則來自其他地方。那是恐懼、懦弱、自卑所造成的普遍壓力。

我想嘗試進一步的解釋：在結婚這個問題上，我和你的關係中有著兩種看似對立的因素，比任何時候都更針鋒相對。結婚肯定能保障最大限度的自我解放和獨立。我如果有個家，在我看來就是一個人所能達到的極致，也就是你已達到的極致，那麼我會和你平起平坐，所有新仇舊恨就都成了歷史。這簡直像是童話，然而問題也出在這裡。這童話太美了，美得不可能實現。就像一個被囚困的人，不但意圖逃跑——他還可能辦得到——而且同時想把監獄改建成自己的歡樂城堡。如果他逃掉了，他就無法改建；如果他改建，他就無法逃掉。我若想在跟你所處的這種尤其不幸的關係裡變得獨立，就必須做點盡可能跟你無關的事——結婚雖然是了不起的，而且還附帶最體面的獨立自主，但它同時跟你有著緊密的關係。要想從你這裡逃出去，等於是痴人說夢，而所有的嘗試幾乎都會受到懲罰。

正是這種緊密的關係，在一定程度上誘使我想結婚。我想像我們之間將會出現的勢均力敵，而你會比任何人都更理解，這樣的關係是何等美好，因為我會成為一個更自由、知恩圖報、沒有罪惡感、堂堂正正的兒子。你或會成為一個輕鬆、不暴戾、具同情心、心滿意足的父親。然而，要達到這個目標，所有曾經發生的事都必須一筆勾銷，這代表我們也必須把自己刪除掉。

但像我們現在這般情形，婚姻的大門對我是已經關上了，因為那恰恰是你個人的領域。有時我會想像世界的地圖展開來，你四肢舒展地橫臥其上。而那對我意味著，只有你沒有覆蓋到或者你無法覆蓋的領域，才可能是我的生活。而根據與你高大身軀一致的想像，這樣的領域寥寥無幾，無法給我多大慰藉，婚姻尤其不在其中。

這種比較已經證明，我絕對不願意說，是你本身的例子把我趕出了婚姻，正如你把我趕出你的生意那樣。正好相反，儘管情形有些相似。在我看來，你們的婚姻在許多方面都堪稱典範，典範級的忠誠、互助、子女數量，甚至當孩子長大並且愈來愈擾亂家裡的安寧，你們的婚姻依然不受影響。或許正是這典範讓我對婚姻建立起崇高的想像；而我對婚姻的渴求束手無策，卻有其他的原因。原因就在於你與孩子們的關係，這整封信談的就是這關係。

有一種觀點認為，引起人們害怕婚姻的理由，在於因為擔心自己的孩子有朝一日會報復，償還自己曾經對父母作的孽。我相信，以我的情況而言，它沒有太大意義。因為我的歉疚感其實來自於你，而且充滿了獨特性，是的，這種獨特的感覺隸屬它的折磨本質，任何重複都是不可想像的。無論如何我必須承認，要是我有這樣一個沉默、遲鈍、單調、頹廢的兒子，我也無法忍受，如果沒有別的可能性，我恐怕會逃離他，移居國外，就像你為了我的結婚計劃也打算這麼做一樣。我無法結婚，也可能是受了這影響。

與此同時，更重要的是我對自己抱有的恐懼。是這樣的：我已經表明，我藉著寫作以及一切與它相關的事試圖爭取些許獨立、逃離，並換得微不足道的成功，這些成功難以為繼，多方面已向我證實。儘管如此，我有義務，甚至可以更確切地說，用生命來保護它，不讓任何我可以防禦的危險有可乘之機。而婚姻就有可能帶來這種危險，當然也可能帶來最大的助力，對我來說，只要是潛在的危險，就足以讓我恐懼。假若婚姻真是危險的，我該怎麼辦才好？我要怎樣在那或許是無法證實，但無從辯駁的危險感裡繼續我的婚姻生活？面對這種局面，儘管我可能會搖擺不定，但那最終的結局卻是肯定的，我必須放棄。手裡的麻雀與簷上的鴿子[25]，這比喻不太切合我的情況。我的手裡一無所有，屋簷上應有盡有，但我卻不得不選擇——這是鬥爭形勢與生活困境所決定的——一無所有。職業上我也不得不做出類似的選擇。

25 出自德國諺語：Ein Spatz in der Hand ist besser als eine Taube auf dem Dach。指垂涎屋頂上的鴿子，不如握緊手中的麻雀。意近百鳥在林，不如一鳥在手。

而最重要的婚姻障礙卻在於，我已根深柢固地相信，撫養家庭，甚至是主導一個家庭，必須具備我在你身上看到的所有品性，優點缺點不可或缺，像它們與你融為一體那樣：強壯、對他人不屑一顧、健康、肆無忌憚、能言善道、有所缺失、自信、對任何人都不滿、優越感、蠻橫暴戾、世故、對多數人都不信任。另外又有絕對的優點，比如勤勞、堅韌、沉著、無所畏懼。你所有的一切，相比之下，我幾乎都不具備，或者只具皮毛。我目睹就連你都在婚姻裡舉步維艱，對孩子們也束手無策，我這樣還敢結婚嗎？這個問題我自然沒有清楚地向自己提出來過，也沒有清楚地回答過，否則慣性思維就會占上風，提醒我還有不同於你的男人（就近舉出一個與你極為不同的人來：理赫德舅舅），他們也結婚了，起碼沒有被婚姻壓垮，對我來說這本身就很不錯，足以安慰我了。但我沒有提出這個問題，而是自小就在體驗它。我並非在面對婚姻時才開始審視自己，而是在面對所有小事時；像我前面已試圖描述過的，在每一件小事上，你以你的例子與教育來讓我確信我自己很無能，既然每一件小事都是一個印證，且都證明你是對的，那件重大的事——婚姻——自然更加證明了你的絕對正確。直到打算結婚前，我的成長就像一個生意人，他雖然不安，前景堪憂，卻不肯精準記帳地過一天算一天。他有一些小贏利，這太稀奇了，所以就在想像裡不住地陶醉與誇大，此外就只剩每天的虧損。這一切都入了帳，但從未收支平衡。現在來到強制結帳，也就是，打算結婚的時候了。然而這筆記下的數目之龐大，簡直讓人無法相信還曾有過小營收，全部的帳目就是一筆大債務。現在去結婚，那不是非要發瘋不可嗎！

這就是我迄今為止與你共度的人生，它承載著未來的前景。

你通讀我說的這些怕你的原因後，可能會這樣回答：「你聲稱我簡單地把我們的關係歸咎於你，這樣我就輕鬆了，但我認為，你儘管表面上在做努力，但至少沒有因為這關係而更感沉重，反而是更可以忍受。一開始，你也矢口否認自己有任何過錯與責任，在這一點上我倆的做法是一致的。然而，當我在直抒胸臆，一如本意，把唯一罪責都賴到你身上時，你同時『聰明絕頂』和『溫柔過人』地也想免去我所有罪行。當然，你只在表面上達成了後者（再多的話你也不想做），在所有什麼性格啊、天性啊、對立啊、無助啊的『空話』裡，你字裡行間分明在說，我其實就是個攻擊者，而你所做的一切不過是自衛而已。現在，你已透過你的虛情假意充分達到了目的，因為你證明了三件事。第一，你是無辜的；第二，我是過錯的一方；以及第三，你以絕對的寬宏大量，不僅願意原諒我，而且還或多或少地，想證明且讓自己相信，我——固然與事實背道而馳

——也是無辜的。現在你該已滿意了吧？但你還嫌不夠，你腦裡打定主意，要完完全全吃定我。我承認，我們互鬥，不過鬥爭也分兩種。一種是騎士的鬥爭，獨立的對手相互較量，各自為主，輸贏自負。另一種是害蟲的鬥爭，害蟲不但螫咬，還同時為了自己的生存吸血。這就是真正的職業戰士，這就是你。你缺乏生活能力；為了讓自己過得舒舒服服、無憂無慮，而且不必自責，你就來證明，是我奪走了你的生活能力並把它放到我的口袋裡。你現在還愁啥呢？你沒有生活能力的話，責任在我啊！你儘管安心地舒展四肢，讓自己在身體上與精神上都由我來拖著你過活。舉個例子：你最近想結婚，同時又不想結婚，這你在信裡也承認了，為了不需自己耗力氣，就想用我來下這個不結婚的臺，說什麼我反對你結婚是因為這個結合會『玷汙』我的名聲。我根本沒有過這個念頭。首先，這事也好其他事也罷，我從來不想成為『你幸福的絆腳石』；其次，我從來不想聽到我的孩子這樣指責我。我克制自己，不去干預你的結婚，可是這對我有用嗎？一點也不。我的不贊成並非就能阻止你結婚，正好相反，它剛好可以刺激你去娶那個女孩，因為這樣的話，你所說的『逃離的努力』，就會透過它完成。我允許你結婚也無法阻止你的責難，因為你就是要證明，你無法結婚是我在從中作梗。基本上在我看來，你在這事以及其他所有事情上無非證明了我對你的指責都是對的，而且其中還少了一個特別正確的指責，就是責備你虛情假意、阿諛逢迎，是個寄生蟲。如果我沒太迷糊的話，你這封信也還是為了想當我的寄生蟲。」

我對此的回答是，首先這所有的駁斥——其中一部分也用來針對你的駁斥——並非出自於你，而是我的杜撰。你對他人的不信任再大，也沒有我對我自己的不信任來得大，而這是你教育的結果。我不否認這些駁斥有一定的道理，它為刻畫我們的關係貢獻新的內容。當然，事情在現實裡無法像我在信裡所舉的例子那樣相互一致，生活更甚於一場鍛鍊耐性的遊戲；但是透過這些駁斥去做出修正，那些我不能也不願意去一一闡述的修正，在我看來，這就達到了非常接近事實的成就，我們兩個因此都可以平靜一些，生與死也可以輕鬆一些。

法蘭茲

【推薦文】

你與我一直在決鬥？

◎平路（作家）

我始終記得第一次讀到這本書（原名 *Brief an den Vater*，在這次以《給父親的一封信》為書名出版之前，就有數種譯本，包括群星版《噢！父親》）的震撼。閱讀時我很年輕，想著到底是怎麼樣的情境，一句接一句，卡夫卡寫下如許絕望的句子？

卡夫卡每部小說都令人深思，對這位作者，人們持續在好奇，他被監禁在怎麼樣的城堡內？沒有入口的房間在哪裡？許多年後，與我自己的童年相關，我在《袒露的心》中寫道：「相片中的卡夫卡總是畏縮的神情，像隻不安的小動物，隨時想要逃走。卡夫卡屢屢以文字表白，他恨不得躲入沒有光的洞穴裡。而回顧童年，你害怕人們望向你的眼神，那時候，同樣地想要走避。哪裡有逃生密道？誰會垂下一條救命的繩索？可以立即消失，不必站直直被眾人竊笑。」

卡夫卡的著作始終在我案頭，多年來，書信體的這本尤其帶給我釋懷之感。感覺之中，他的書甚至為我擦拭淚水。不若卡夫卡的父親身材偉岸，我父親並不高大，但在我眼中，跟卡夫卡看他父親一樣，我父親不怒而威，具有一種「精神上的強勢」。多年來，父親是我做事的參考座標，他是我生命中最重要的一個人。我對父親的感情深摯、纏繞而複雜。某個意義上，寫出《袒露的心》，包藏著我對父親難用言語吐露的情意。回顧往昔，家中錯綜的關係也波及（或者說，殃及？）我母親，許多時候，母親深藏她本身的情感憾恨，在父親與我之間，分配到的往往是尷尬的角色。《袒露的心》書中我寫道：「卡夫卡為例，他父親是典型的嚴父，而他母親夾在丈夫與兒子之間，『母親沒有意識到，她在一場獵戰中扮演了推手的角色。』所以，你講給自己聽，別人家跟你家一樣，也有不自覺扮演了『推手』的母親。」

我很幸運，文字是一把鑰匙，為我梳理清楚許多事。回看過去，打開記憶的抽屜，一遍遍重來又重來，藉由閱讀與寫作，浮現出與自己和解的契機。

再回到卡夫卡的父子關係。

我是女兒，如果是兒子呢？我猜，如果我是兒子，父子必有另一種（想來更難解的）鬱結。

不必佛洛伊德以「伊底帕斯情結」提醒，父子衝突始終是西方神話與典籍的主題。華人傳統講究「君臣父子」，千年來，咒語般反覆叨念的「君君臣臣父父子子」，其實是將「忠臣」與「孝子」做等號，從上而下，連結成一整套道德系統。為方便治理，帝制的「黃圈圈」等同於家長制的父權家庭。儒家以孝治天下，是以倫理規範去壓制兒子心裡的委屈。「Daddy issues」，在英文中是個常用詞，指涉兒子在成長中的父親障礙，意味著或大或小、無所不在、甚至導致覆滅的心理問題。這方面，華人文化含蓄而隱晦，缺乏意義近似的字。

始終是我內心的困惑吧，念念不能忘，近作《間隙》「美與無常」章節中，我又提到：「華人倫理結構之下，曹雪芹寫《紅樓夢》卻是個異數。……對我這個讀者，後半部《紅樓夢》卻有些走味。高鶚補續四十回，將一干人又拖回倫理結構。賈寶玉得了功名後出家，拜別父親退場那一幕，像在營造舞臺的高潮。倒不如讓寶玉經歷飢寒、困苦、難堪，放下各種包袱、褪去各色衣裝（包括那華麗退場的大紅猩猩氈斗篷）應驗的才是小說開頭所預言的『到頭一夢，萬境歸空』。」

華人傳統中，常以父慈子孝的障眼法遮蓋矛盾與壓制衝突，然而，冰

山底下一定有不少被碾碎的玻璃心。如果兒子不那麼屈從？與父親的衝突，乃至決裂，往往如影隨形，帶來無法擺脫的罪惡感。如同卡夫卡寫父子關係的字句：「你與我一直在決鬥」！反過來說，孩子在成長過程中，若能夠認清楚父子關係的真義，認清楚「生命的開端是不服從的行為」，走出罪惡感帶來的巨大陰影，才是與自己、與父親在心裡和解的方式。

翻開卡夫卡，段落間如果您不覺歎口氣，某些字句刺到了痛點？甚或悄悄流下淚水？那麼，經歷的或許是另一個意義的「成年禮」。回顧困擾您的父子關係，您內心將會出現通透而舒暢之感。

【推薦文】

並不直接來個過肩摔：罪玫瑰的害怕權與話語力

◎張亦絢（作家）

《給父親的一封信》是古怪的存在。

年少的我，一度還想逃避它：也許可以略過不提吧？我深愛卡夫卡的小說藝術，他的好友布羅德寫他的傳記，也令我印象深刻——有一段是卡夫卡引用福樓拜。那句話說「那些家庭內部的正直與美好，都是真的。」[1]——卡夫卡嚮往婚姻與家庭，與許多藝術家大異其趣。然而，當他提及家庭，與其說是家庭滿足他什麼，毋寧更像他通過家庭實踐些什麼。

現實中的卡夫卡卻是嚴重恐婚者，也有複雜的性焦慮。他在〈鄉村婚禮籌備〉中創造的新郎拉邦，更讓人感覺「結婚幾乎會要人命」。

又愛又怕——多麼矛盾。這封長信最惱人，但也最引人入勝的或許就是，它既非「大義滅親」，也非「深情款款」——重讀它時，我更了解當初我的「棘手感」。而我也同意布羅德，認為它「文字好懂」，但卻是「有關生活衝突最難懂的文獻之一」。

1 我不確定當年我讀的是哪個版本，但確定是馬克斯・布羅德（Max Brod）的《卡夫卡傳》。我查閱了其他版本，確定基本資訊無誤，但這句話是以記憶中的文句書寫，與譯文或有些許出入。

布羅德始終以文學角度看待這封信，稱它「小書」——卡夫卡曾托母親轉交此信給父親。根據布羅德的說法，母親安慰了他，但也將信退還給他。此信有如〈抄寫員巴托比〉所述，屬於「無法投遞信件中心」中的「死信」——「這些信本該是生命的使者，卻疾疾奔赴死亡」[2]。三十六歲的卡夫卡不能或不敢親交信件給父親！父子地位何其懸殊！——此信真是植根於現實。

勾勒父親負面形象最極致的如普拉絲的〈爹地〉，把父親比作納粹，認為「成為猶太人」是出路。但就是猶太人的卡夫卡，在二戰前就過世了。一九一九年，卡夫卡寫信時，奧匈帝國解體不久。他受的影響主要在第二次大戰之前。一戰士兵嚴重傷亡，西方「男子氣概」的神話才逐漸破滅。但在兩次大戰之前，根據《有毒的男子氣概》的考察，「男子氣概」在西方幾被當成解決問題的萬靈丹[3]。

男子氣概並非一成不變，「暴力、自我控制、自視為次等人的征服與解救者」都是基本的特徵。在這類檢視中，比較缺乏的，是父子關係扮演的角色——卡夫卡介入了這個空白地帶。

他緊盯這顆「還不稱它為男子氣概」的球，把它當成「謎題」——這就是他與他的當代的分歧，因為他的時代並不視其為「謎題」，反而認為那是最自然不過，無需質疑的事物。卡夫卡不會知道，這將成為百年後，性別革命的核心。這封信常見「明明是『錯』的對」的弔詭感受，

2 赫爾曼·梅爾維爾（Herman Melville）著，林家任、廖彥博譯，《抄寫員巴托比／水手比利·巴德》，群星文化，2016。

3 盧省言（安妮）著，《有毒的男子氣概》，大塊出版，2021。

部分可以從歷史背景理解，部分則超出這個範圍。

卡夫卡的父親「反玫瑰」，而卡夫卡偏偏感覺「我乃有罪的玫瑰，我永遠玫瑰」。卡夫卡的「有罪感」是他與當今性別意識最大的差別。今天我們會陳述類似衝突，但免去罪疚感——兒子不像父親，或者難以效法後者，父權就沒有代間的鞏固——這是「孽子」的原型。孽子不單純是因為它本身的性質被排斥，而是他會在權力的續命上，帶來漩渦或崩解。

卡夫卡把自己不是父親引以為傲的兒子一事攤開，彷彿內化了父親的存在，但在這「危險的重複」當中，卡夫卡也再次「發現父親」。到了「襯衣事件」，儘管卡夫卡還「討價還價」父親或有無辜性，但我們應該會更震驚於「卡夫卡的潰爛傷口」。這個事件有個前導，相隔二十年。在第二事件中，父親把卡夫卡說成「沒自制力的急色鬼」。而在第一事件中，卡夫卡沒有克服他的羞恥感全盤托出，但仍使我們明白，年約十六的卡夫卡談話帶有性好奇時，父親應是鄙薄地提及妓院。

這裡觸及了「有毒男子氣概」最隱密與致命的形式——父親把兒子貶抑至非人的色情（動）物，來灌飽自己的男子氣概：兒子是父親的壯陽藥。

「我被淫穢」是「致父親」的定錨與已到唇邊的話。但這句話在語言層次上，是「我被殺死」的近鄰，處在「文學上可能」與「物理上不可能」的交界。文學能說「我被殺死」，常識不行。死人不能說「我」，被淫穢者的「我」也被語言效果的扭曲失靈綁縛，除非文學相救。從這裡我們看到這封信的最高意義：二十世紀的卡夫卡，發布了二十一世紀還被爭論能否存在的「弱勢者語言」。

卡夫卡指認自己的破敗，是連對自己身體都不能好好擁有——這與他說自己「害怕」，都是難以見容於其同時代的「玫瑰性」。「害怕權」是在社會揚棄男子氣概後，才被視為基本人性。從女性主義或反殖民來閱讀它，其實都相對容易——卡夫卡以「個人的感受」列舉的現象，任何上過幾堂課的人，現在都能逐句解碼其中凌厲無比的政治先見。

但我以為，我們不能以此為滿足。為了停損，當前的文化指導多是關於切割或設界。但這類「健康原則」，並非毫無問題。卡夫卡對父親「既糾纏又挑戰」，對現在的讀者來說，應該是「太可疑的暗黑療癒」。然而，不同於現今的「乾淨俐落」，卡夫卡「並不直接來個過肩摔」——如何解釋？我不傾向套用「他優柔寡斷」這種浮泛說詞。

我以為，卡夫卡是視他的創造者與虐待者為「自己的一部分」。因著大大忠於自我，無論多痛苦或多見笑，他都不以失憶與拒認為手段——這也是「寫信給父親」，但「非常反家書」的這封「陳情表」，值得我們思索的方向。

國家圖書館預行編目資料

給父親的一封信/法蘭茲. 卡夫卡(Franz Kafka)
著 ; 禤素萊譯. -- 初版. -- 臺北市 : 寶瓶文
化事業股份有限公司, 2022.10
面 ; 公分. -- (Island ; 320)
譯自 : Brief an den Vater
ISBN 978-986-406-320-8(平裝)
882.46 111014915

Island 320

給父親的一封信

作者／法蘭茲．卡夫卡（Franz Kafka）
譯者／禤素萊

發行人／張寶琴
社長兼總編輯／朱亞君
副總編輯／張純玲
資深編輯／丁慧瑋
編輯／林婕伃
美術主編／林慧雯
校對／林婕伃．陳佩伶．劉素芬
營銷部主任／林歆婕　業務專員／林裕翔　企劃專員／李祉萱
財務／莊玉萍
出版者／寶瓶文化事業股份有限公司
地址／台北市110信義區基隆路一段180號8樓
電話／(02)27494988　傳真／(02)27495072
郵政劃撥／19446403　寶瓶文化事業股份有限公司
印刷廠／世和印製企業有限公司
總經銷／大和書報圖書股份有限公司　電話／(02)89902588
地址／新北市新莊區五工五路2號　傳真／(02)22997900
E-mail／aquarius@udngroup.com

法律顧問／理律法律事務所陳長文律師、蔣大中律師
如有破損或裝訂錯誤，請寄回本公司更換
著作完成日期／一九一九年十一月
初版一刷+日期／二〇二二年十月十四日
ISBN／978-986-406-320-8
定價／二六〇元

AQUARIUS 寶瓶 文化事業

愛書人卡

感謝您熱心的為我們填寫，
對您的意見，我們會認真的加以參考，
希望寶瓶文化推出的每一本書，都能得到您的肯定與永遠的支持。

系列：Island 320　書名：給父親的一封信

1. 姓名：＿＿＿＿＿＿＿＿　性別：□男　□女

2. 生日：＿＿年＿＿月＿＿日

3. 教育程度：□大學以上　□大學　□專科　□高中、高職　□高中職以下

4. 職業：＿＿＿＿＿＿＿

5. 聯絡地址：＿＿＿＿＿＿＿＿＿＿＿＿＿＿＿＿＿＿＿＿＿

聯絡電話：＿＿＿＿＿＿＿＿　手機：＿＿＿＿＿＿＿＿

6. E-mail信箱：＿＿＿＿＿＿＿＿＿＿＿＿＿＿＿＿

□同意　□不同意　免費獲得寶瓶文化叢書訊息

7. 購買日期：＿＿年＿＿月＿＿日

8. 您得知本書的管道：□報紙／雜誌　□電視／電台　□親友介紹　□逛書店　□網路

□傳單／海報　□廣告　□瓶中書電子報　□其他

9. 您在哪裡買到本書：□書店，店名＿＿＿＿＿＿　□劃撥　□現場活動　□贈書

□網路購書，網站名稱：＿＿＿＿＿＿　□其他＿＿＿＿＿＿

10. 對本書的建議：（請填代號　1. 滿意　2. 尚可　3. 再改進，請提供意見）

內容：＿＿＿＿＿＿＿＿＿＿＿＿＿

封面：＿＿＿＿＿＿＿＿＿＿＿＿＿

編排：＿＿＿＿＿＿＿＿＿＿＿＿＿

其他：＿＿＿＿＿＿＿＿＿＿＿＿＿

綜合意見：＿＿＿＿＿＿＿＿＿＿＿＿＿＿＿＿＿＿＿＿＿＿＿＿＿

11. 希望我們未來出版哪一類的書籍：＿＿＿＿＿＿＿＿＿＿＿＿＿＿＿

讓文字與書寫的聲音大鳴大放

寶瓶文化事業股份有限公司

（請沿此虛線剪下）

廣 告 回 函
北區郵政管理局登記
證北台字15345號
免貼郵票

寶瓶文化事業股份有限公司 收

110台北市信義區基隆路一段180號8樓
8F,180 KEELUNG RD.,SEC.1,
TAIPEI.(110)TAIWAN R.O.C.

（請沿虛線對折後寄回，或傳真至02-27495072。謝謝）